Helle Helle
Ceir ac Anifeiliaid

Menyw ifanc yn lladd amser ym mhriodas dieithriaid wrth aros am y bws nesaf. Hiraeth am y gŵr a'r plant a gollodd yn llethu gwraig. Pwmpen y mae angen ei chyffeithio'n droi'n ormes ar wraig arall. Merch ifanc ar drothwy newid byd. Trobwyntiau bywyd, posibiliadau newydd. Dechrau ym mhob diwedd.

Helle Helle yw un o brif lenorion cyfoes Denmarc. Mae ei gwaith yn darlunio digwyddiadau cyffredin bob-dydd o bersbectif benywaidd. Arddull gynnil, finimalaidd sy'n ei nodweddu. Ond mae'r mân-donnau ar wyneb y llyn yn bradychu cynnwrf ar y gwaelod.

Y casgliad hwn o un-ar-bymtheg o'i straeon byrion, a gyhoeddwyd yn wreiddiol yn 2000, yw un o'r gweithiau cyntaf erioed i gael ei gyfieithu o'r Ddaneg i'r Gymraeg. Nid yw eto wedi'i gyfieithu i'r Saesneg. Mae'r cyfieithydd, Richard Crowe, yn siarad nifer o ieithoedd ac wedi gweithio fel cyfieithydd proffesiynol i Lywodraeth Cymru; hwn, fodd bynnag, yw ei gyfieithiad cyntaf o ryddiaith greadigol.

Helle Helle

Ceir
ac
Anifeiliaid

Cyfieithwyd o'r Ddaneg
gyda rhagymadrodd
gan
Richard Crowe

Helle Helle, 2024
Llun: Carl Mikkel

Cynnwys

Bu **Richard Crowe** yn cyfieithu deddfwriaeth yng Nghynulliad Cenedlaethol Cymru (fel yr oedd) a Llywodraeth Cymru wedi hynny. Cyn hynny fe fu'n Olygydd Cynorthwyol ar *Eiriadur Prifysgol Cymru*. Mae bellach wedi ymddeol ac yn byw ym Mhenrhiwnewydd, Ceredigion. Mae wrth ei fodd yn potsian gydag ieithoedd. Ar wahân i gyfieithu pedair cerdd gan y bardd Hebraeg Diweddar, Iehwda Amichai, a stori fer gan y llenor Hebraeg Diweddar, Iotam Refewni, dyma'r tro cyntaf iddo gyhoeddi cyfieithiad o waith llenyddol i'r Gymraeg.

Rhagymadrodd

Bywyd a Gwaith Helle Helle

Ystyrir Helle Helle yn un o lenorion cyfoes pennaf Denmarc. Fe'i ganed yn Helle Olsen yn Nakskov, ar ynys Lolland, ar 14 Rhagfyr 1965. Bu'n byw yn Nakskov am dair blynedd, ond wedi i'w rhieni ysgaru, fe symudodd gyda'i mam i dref fferi Rødby ar ynys Lolland. Ailbriododd ei mam, ac fe gafodd yr enw Helle Krogh Hansen yn sgil hynny. Ganwyd chwaer iddi, ond erbyn iddi gyrraedd ei phen blwydd yn ddeg oed, fe chwalwyd perthynas ei mam a'i hail ŵr. Arhosodd gyda'i mam a'i chwaer fach yn Rødby ac fe âi yn ôl at ei thad yn Nakskov dros y Sul.

Treuliodd lawer o'i hamser hamdden yn llyfrgell Rødby, lle datblygodd ei diddordeb mewn llenyddiaeth. Ar ôl gadael yr ysgol uwchradd ym 1984, treuliodd flwyddyn yn gwerthu persawr ar y fferi o Rødby i Puttgarden ar ynys Fehmarn yn yr Almaen. Fe seiliodd ei nofel *Rødby-Puttgarden* (2005) ar y profiad hwnnw.

Rhwng 1985-1987 fe astudiodd lenyddiaeth ym Mhrifysgol Copenhagen. Ar ôl i bedair o'i cherddi gael eu cyhoeddi mewn cylchgrawn o'r enw *Hvedekorn* (*Gronyn o wenith*) o dan olygyddiaeth y llenor a'r beirniad llenyddol Poul Borum (1934-1996), penderfynodd barhau ei hastudiaethau yn yr ysgol i lenorion a sefydlodd Borum, sef y Forfatterskolen, yng Nghopenhagen rhwng 1989-1991. Dyna'r adeg y mabwysiadodd Helle gyfenw ei mam-gu, sef Helle, am y tybiai y byddai'r enw Helle Helle yn enw addas i lenor.

Stori fer, *Et blommetræ* (*Coeden eirin*), oedd y gwaith cyntaf iddi ei gyhoeddi a hynny o dan yr enw Helle

Krogh Hansen ym mhapur newydd *Information* ym 1987. Erbyn 1989 roedd wedi cefnu ar farddoniaeth a dechrau canolbwyntio ar ryddiaith. Cyhoeddodd ei llyfr cyntaf o ryddiaith, *Eksempel på liv* (*Enghraifft o fywyd*) o dan yr enw Helle Helle ym 1993. Dyma gasgliad arbrofol o ddarnau byrion o destun sy'n rhoi cipolwg ar fywydau pobl sy'n byw bywydau unig y tu ôl i ddrysau caeedig. Yna dechreuodd ysgrifennu straeon byrion mewn arddull gryno iawn sy'n portreadu pobl sy'n ei chael hi'n anodd cyfathrebu â'i gilydd. Ei chasgliad cyntaf o straeon byrion oedd *Rester* (*Gweddillion, 1996*). Mae'r stori sy'n dwyn yr un teitl yn archwilio gweddillion perthnasau a allasai fod yn rhai llwyddiannus. Fe welir rhai o'r themâu hyn, megis problemau cyfathrebu, tor perthynas, a'r arddull gryno, uniongyrchol yn ei hail gasgliad o straeon byrion, *Biler og dyr* (*Ceir ac anifeiliaid*, 2000), sef y casgliad hwn.

Y nofel yw'r ffurf y mae Helle Helle wedi ei mabwysiadu yn bennaf, gan ysgrifennu naw ohonynt hyd yn hyn. Mae wedi derbyn gwobrau am nifer ohonynt, gan gynnwys: Gwobr Beatrice yr Academi Ddanaidd yn 2003; Gwobr y Beirniaid (Kritikerprisen) yn 2005 am ei nofel *Rødby-Puttgarden*; Gwobr P O Enquist yn 2009 am ei nofel *Ned til hundene* (*I lawr i'r cŵn*); Llawryf Euraidd y Llyfrwerthwyr (Boghandlernes gyldne Laurbær) am ei nofel *Dette burdes skrivet i nutid* (*Dylai hyn fod wedi cael ei ysgrifennu yn yr amser presennol*) yn 2012; Prif Wobr yr Academi Ddanaidd (Det Danske Akademis Store Pris) yn 2016; Medal Holberg (Holbermedaljen) yn 2019; a Gwobr Lenyddol Montana (Montanas Litteraturpris) am ei nofel *BOB* yn 2022.

Ar ddechrau ei gyrfa ysgrifennu, fe weithiai fel cyflwynydd a chynorthwyydd rhaglenni gyda'r darlledwr gwasanaeth cyhoeddus DR, ond gyda chymorth grantiau gan Sefydliad Celfyddydau Denmarc a'i llwyddiant llenyddol cynyddol, mae hi bellach yn ysgrifennu'n llawnamser. Mae'n byw gyda'i gŵr yn Sorø ar ynys Sjælland.

Mae ei gwaith wedi cael ei gyfieithu i 22 o ieithoedd. Y casgliad hwn o straeon byrion yw'r gwaith cyntaf o'i heiddo i gael ei gyfieithu i'r Gymraeg, a'r ail gyfieithiad o *Biler og dyr* i unrhyw iaith. Nid yw eto ar gael yn Saesneg.

Ceir ac Anifeiliaid

Ai ymdriniaeth â cheir ac anifeiliaid yw'r casgliad hwn o straeon byrion? Mae'n wir bod ceir ac anifeiliaid yn ymddangos mewn llawer o'r straeon, er nad ym mhob un. Yn un stori mae'r ddau yn dod at ei gilydd mewn ffordd ddramatig iawn pan fydd car yn taro llo gwyn (neu gi o bosibl) ar ffordd wledig yn 'Nid oes caeau mwstard yn Nenmarc rhagor'.

Hwyrach bod arwyddocâd ehangach i'r pâr. A yw ceir yn symbol o wareiddiad, o ymdrech y ddynolryw i oresgyn y byd naturiol, tra bo anifeiliaid yn ein hatgoffa o'r elfen nad oes modd ei dofi'n llwyr? Mewn termau Freudaidd, yr 'id' a'r 'ego'? Ond ar wahân i adar a phryfed, yr unig anifeiliaid gwyllt i gael eu crybwyll yw'r cŵn gwyllt y mae prif gymeriad 'Rwy'n gyrru ymlaen' yn gobeithio eu clywed yn nos y tu allan i'w motél yn America. Creaduriaid dof yw'r gweddill.

Ai adlais sydd yma o'r ymadrodd Daneg *'villa, Volvo, og vovhund'* (tŷ sengl, Volvo a bow-wow) a gofnodwyd gyntaf ym 1973 ac sy'n disgrifio'r symbolau o fywyd saff dosbarth canol yn Nenmarc ar y pryd? Tybed a fyddai 'Kyffin, telyn, twba twym' yn cyfleu'r un dyheadau yn y Gymru Gymraeg sydd ohoni?[1]

---

[1] Diolch i Iwan Bryn am y triawd ysbrydoledig hwn.

Bywyd bob dydd y dosbarth canol a geir yn y straeon hyn. Nid y dosbarth canol cosmopolitanaidd dinesig, ond pobl gyffredin yr hyn a elwir yn '*udkantsdanmark*', sef Denmarc y cyrion – yr ardaloedd hynny o'r wlad fel ynys Lolland, lle ganwyd a magwyd Helle Helle, sy'n bell o ganolfannau dinesig ac yn brin o gyfleoedd a chyfleusterau'r trefi hynny. Nid Denmarc y cyfresi teledu Daneg is-deitlog fel *Borgen*, *The Killing* (*Forbrydelsen*) a *Those who kill* (*Den som dræber*) sydd yma, lle mae pethau ysgeler yn digwydd (boed yn wleidyddol neu'n droseddol, neu'r ddau) yng Nghopenhagen liw nos, ond Denmarc lle mae rhaid aros pedair awr am y bws nesaf. Byd tebycach i'r *Gwyll* efallai. Fel y dywed Regitze, prif gymeriad 'Y gwestai diwahoddiad': 'Mewn pedair awr, am dri o'r gloch, y bydd y bws nesaf yn gadael. Felly mae hi ar ddydd Sadwrn ym mherfeddion cefn gwlad.' Sefyllfa gyfarwydd i lawer ohonom yn y Gymru wledig. Oherwydd ei ffrog, yr esbonia Regitze wrth Britta ei bod yn dod o Israel, daw Britta i'r casgliad bod Regitze ei hun yn dod o Israel. Rhaid i Regtize ei chywiro ac egluro mai o Randers y mae'n dod. Ymateb Britta yw: 'O wel, dw i'n siŵr bod y ddau le rhywbeth yn debyg'. Hen dref ganoloeseol yng ngogledd-ddwyrain Jutland yw Randers gyda phoblogaeth ychydig yn fwy na Phen-y-bont ar Ogwr. Dyma'r awdur yn cymryd ei chyfle i roi ychydig o hiwmor ychwanegol i'r stori ar draul Britta druan.

Ar yr olwg gyntaf, mae'r straeon fel petaent yn croniclo manion dibwys bywyd bob dydd a hynny o safbwynt merched: trefnu casgliad yn y gwaith i brynu blodau ('Y casgliad'), dadflocio twll plwg y gawod ('Twll y plwg'), neu drefnu bod rhywun yn dod i docio coeden ('Ei system ei hun'). Ond o dan yr wyneb mae'r ddrama. Y tu cefn i'r portread o rigolau bywyd, mae trychineb, chwalfa a marwolaeth yn llechu.

Moel a diwastraff yw'r dweud. Un o nodweddion ysgrifennu Helle Helle yw'r arddull gynnil a minimalaidd. Mae rhai o'r cymeriadau yn cael gwaith cyfathrebu â'i gilydd. Fwy nag unwaith dywedir wrthym na ŵyr rhyw gymeriad neu'i gilydd beth i'w ddweud mewn ymateb i rywbeth. Ac o gael ymateb, mae cryn dipyn ohonynt yn rhai un gair. Gwnaiff nodio a chodi llaw y tro yn lled aml. Mae cynildeb yr arddull yn tanlinellu galluoedd cyfathrebu cyfyngedig y cymeriadau.

Adrodd yr hyn y mae'r cymeriadau yn ei feddwl, yn ei ddweud ac yn ei wneud heb fanylu ar eu cymhellion y mae'r awdur. Y mae rhai wedi cymharu ei harddull â mynydd iâ, sef trosiad a ddefnyddiodd Ernest Hemingway i ddisgrifio ysgrifennu realaidd lle mai dim ond wythfed rhan sydd i'w gweld uwchben y dŵr.[2] Mae disgrifiad Kate Roberts o'i storïau hithau fel '[m]ân donnau ar wyneb llyn' gyda'r 'cynnwrf ar y gwaelod' yn gweddu straeon y casgliad hwn i'r dim.[3] Yn aml iawn, yn yr hyn nas dywedir y mae'r diddordeb. Rhaid i'r darllenydd weithio'n galed i lenwi'r bylchau a adewir gan y geiriau i wneud synnwyr o'r hyn sydd weithiau'n ymddangos yn ddisynnwyr.

Un thema sy'n codi yn weddol gyson yn y casgliad yw hiraeth y prif gymeriadau benywaidd. Yn 'Nid oes caeau mwstard yn Nenmarc rhagor' cyfunir hiraeth am y Ddenmarc a fu a hiraeth am berthynas a fu. Mae

---

[2] 'If a writer of prose knows enough of what he is writing about he may omit things that he knows and the reader, if the writer is writing truly enough, will have a feeling of those things as strongly as though the writer had stated them. The dignity of movement of an iceberg is due to only one-eighth of it being above water.' Ernest Hemingway, *Death in the Afternoon* (Llundain: Jonathan Cape, 1932), t.183.

[3] Saunders Lewis (gol.), *Crefft y Stori Fer*, (Aberystwyth: Clwb Llyfrau Cymraeg, 1949), t.13.

hiraeth y cymeriad am fath o fwyd y byddai ei mam (neu ei fam) yn arfer ei wneud yn troi'n obsesiwn yn 'Cyffeithio'. Mae naws hiraethus yn gwau drwy 'Ton wres' wrth i'r prif gymeriad hel atgofion am haf poeth gyda'i chariad rhwng gadael yr ysgol uwchradd a dechrau yn y brifysgol. Hiraeth poenus am ŵr a phlant a gollwyd yw testun 'Gair mewn angladd'. Yn 'Dieithriaid cyfeillgar', mae hiraeth am y tŷ lle bu'n byw pan oedd Ulla yn ysgol uwchradd yn troi'n ddihangfa iddi. Nid yw'n amlwg yn 'Rwy'n gyrru ymlaen' a yw'r cymeriad yn hiraethu am y gorffennol neu'n hiraethu am ddyfodol arall.

Mae'r prif gymeriadau'n aml yn dod i drobwynt yn eu bywydau: Betina yn dod i wybod bod ei gŵr yn cael affêr ('Rhagor o goffi'), Edith yn colli ei gŵr ('Y casgliad'), y ferch yn 'Twll y plwg' yn paratoi at gael ei chariad i aros dros y Sul am y tro cyntaf. Marwolaeth neu newid mewn perthynas yw'r trobwyntiau hyn yn aml.

Ond er mor ddwys yw'r profiadau hyn, mae yna hiwmor, er mai hiwmor du ydyw, fel yn 'Bu farw fy modryb' a chydymdeimlad â'r cymeriadau yn eu cyfyngderau mawr a mân. Pan ddywed Ole Hansen wrth Betina fod ei gŵr yn cael affêr, sylwi ar ei siwmper y mae hi a meddwl tybed pwy oedd wedi ei gwau ar ei gyfer. Yna mae hi'n dweud wrtho fod ei siwmper yn edrych yn smart.

Roedd Edith wedi mynnu dod yn ôl i'r gwaith ddau ddiwrnod ar ôl angladd ei gŵr. Diolchodd i bawb am y blodau, sôn am ei chynlluniau at y dyfodol, fel symud i fflat, gwerthu'r tŷ haf, ac yn bennaf oll, cario ymlaen gyda'i gwaith. Mae hi bron fel petai heb fynd drwy brofedigaeth o gwbl, er caiff y darllenydd wybod ei bod yn agos iawn at ei gŵr. Ond mae ei farwolaeth wedi agor pennod newydd iddi. Tybed beth sydd yn yr amlen fawr honno ar ddiwedd y stori?

Er mwyn paratoi at gam newydd yn ei pherthynas â'i chariad, mae prif gymeriad 'Twll y plwg' yn glanhau'r tŷ ac yn gwneud bwyd. Mae ei brawd wedi dod i helpu drwy ddadflocio twll plwg y gawod. Ond wrth i'r stori ddatblygu, cawn wybod fod ei brawd newydd orffen gyda'i gariad yntau, a heb le i gysgu'r noson honno. Beth wnaiff ei chwaer? Cynnig lle i aros i'w brawd a difetha ei chynlluniau am y penwythnos?

Ond er gwaethaf y rhwystredigaethau ym mywydau'r merched hyn, mae posibiliadau ar gyfer y dyfodol. Mynd i ffwrdd i brifysgol yn achos prif gymeriad 'Ton wres', er bod hynny siŵr o fod yn golygu gorffen gyda'i chariad. Geni plentyn, fel prif gymeriadau 'Tro bach', 'Ei system ei hun', 'Rwy'n gyrru ymlaen' a'r briodferch yn 'Y gwestai diwahoddiad'. Dechrau bywyd mewn tŷ newydd mewn rhan arall o'r wlad ar ôl bedydd tân yn 'Y newydd-ddyfodiaid'. Daw bywyd a marwolaeth, ceir ac anifeiliaid, ac ansicrwydd y dyfodol ynghyd yn llinellau olaf y stori olaf 'Rwy'n gyrru ymlaen':

'Rwy'n eistedd yn y car, mewn sgert werdd, dynn gydag embryo awr oed y tu mewn imi. Mae pryfed bach yn hedfan yn erbyn ffenestr y car; rwyt yn rhoi'r weipyrs ymlaen. Mae'r haul yn codi, ac un dydd bydd y cwbl ar ben.'

Y Cyfieithiad

O holl lenyddiaeth gyfoes Denmarc, pam cyfieithu'r straeon byrion hyn? Y gwir yw mai fel ymarfer ieithyddol yr euthum ati i'w cyfieithu. Roedd dysgu Daneg wedi bod yn uchelgais gennyf ers blynyddoedd maith, yn enwedig o gael mwy o gyfle i'w chlywed yn y cyfresi teledu Daneg a ddechreuodd ymddangos yn nechrau'r ganrif hon gyda *The Killing (Forbrydelsen)* a ddarlledwyd ar BBC Four yn 2011. Roeddwn wedi bod yn ddilynwr brwd y gyfres dditectif Swedeg *Wallander* cyn hynny. Nid siwmper Ffaroaidd enwog Sarah Lund yn *The Killing* oedd wedi denu fy niddordeb i, ond y ffaith bod Daneg yn swnio'n hollol wahanol, er ei bod yn edrych yn debyg iawn i Swedeg (ac yn fwy fyth felly i Norwyeg) ar bapur. I fi, roedd Daneg yn her. A minnau eisoes wedi dysgu rhywfaint o Norwyeg i fi fy hun, dilyn dosbarth nos Swedeg ym Mhrifysgol Caerdydd rhwng 2012-2013 a threulio wythnos boeth ar ynys Gotland yng Ngorffennaf 2015 mewn gwersi preifat gyda nyrs annwyl o'r Swistir a thiwtor brawychus o Stockholm, dysgu Daneg oedd y cam rhesymol nesaf.

Fe ddaeth y cyfle hwnnw yn rhannol yn sgil ymddeol, ac yn rhannol diolch i Covid. Yn sydyn, roedd gennyf hen ddigon o amser a dewis eang o ddosbarthiadau Daneg ar lein yn Nenmarc. Daeth pwynt yn ystod y cyrsiau hynny pan ddaeth awydd i gael rhywbeth amgenach na thestunau'r cwrs i'w ddarllen. Rhywbeth fel casgliad o straeon byrion. Y cof sydd gennyf yw fy mod wedi dod ar draws *Biler og dyr* drwy chwilio am straeon byrion Daneg ar lein. Pan glywais fod ffrind imi yn bwriadu mynd am benwythnos hir i Copenhagen, gofynnais iddi brynu copi imi, ac rwy'n ddiolchgar iawn iddi am wneud.

Fel y soniais, fel ymarfer ieithyddol y dechreuais gyfieithu'r straeon, heb unrhyw fwriad eu cyhoeddi, neu hyd yn oed eu dangos i unrhyw un arall. Ond, roedd sawl ffrind wedi fy annog i ystyried eu cyhoeddi. Roeddwn yn ymwybodol nad oedd llawer o fri ar gyfieithiadau yn y farchnad Gymraeg bellach ac nid oeddwn yn hyderus y byddai'r casgliad o ddiddordeb i'r gweisg. Felly pan welais hysbyseb Llyfrau Melin Bapur ar y cyfryngau cymdeithasol yn gwahodd cyfieithiadau o lyfrau mewn ieithoedd eraill i'r Gymraeg, dyma fi'n cysylltu. Roeddwn hefyd wedi dechrau archwilio'r posibilrwydd o gael cymorth gan sefydliad yn Nenmarc i gefnogi'r prosiect, ac wedi imi ddod o hyd i ffynhonnell bosibl, gan Sefydliad Celfyddydau Denmarc, fe wnaeth Adam Pearce, Golygydd Llyfrau Melin Bapur, fynd ar ei ôl yn llwyddiannus.

Y broses gyfieithu

Ni welir llawer o wahaniaeth rhwng y math o Ddaneg a geir yn y naratif a'r ddeialog yn y straeon. Mae'r cyfan mewn Daneg ysgrifenedig safonol. Er bod yna dafodieithoedd Daneg o hyd, erbyn hyn dim ond y to hŷn at ei gilydd sy'n defnyddio'r hyn a elwir yn 'dafodieithoedd traddodiadol'. Yn gyffredinol, yr hyn a erys yw acenion lleol a gall y gwahaniaeth mewn acen fod yn sylweddol. Yn 'Y gwestai diwahoddiad' nodir bod un o'r dynion yn y wledd briodas yn dweud rhywbeth 'mewn acen nodweddiadol o ynys Fyn'. Ond dyna'r unig gyfeiriad yn y casgliad at flas lleol ar iaith. Mae'r bwlch rhwng Cymraeg ysgrifenedig safonol a'r iaith lafar yn un amlwg, ac mae nodweddion tafodieithol o ran geirfa, morffoleg a chystrawen, yn ogystal ag acen, yn fyw o hyd.

O ran cyfieithu, un posibiliad fyddai mabwysiadu Cymraeg ysgrifenedig safonol ar gyfer y cyfan. Ond er y byddai hynny'n taro deuddeg yn y naratif, rhesymais na fyddai'r ddeialog yn darllen yn realistig iawn. Dewis arall fyddai gwneud y cyfan yn un o dafodieithoedd y Gymraeg, ond byddai hynny wedi golygu clymu'r straeon i leoliad penodol, a lleoliad penodol yng Nghymru ar ben hynny, mewn ffordd nad yw'n wir am y testunau Daneg gwreiddiol. Fe allai hynny beryglu pellhau darllenwyr nad oeddent yn gyfarwydd â'r dafodiaith a ddewiswyd hefyd. Cyfaddawd, ond cyfaddawd cyfarwydd amdani. Defnyddio iaith lafar dafodieithol yn y ddeialog i roi hygrededd iddi fel iaith lafar ond cadw'r naratif mewn Cymraeg ysgrifenedig safonol. Bu'n rhaid ystyried pa ffurfiau llafar i'w defnyddio ac i ba raddau y byddai'r cymeriadau gwahanol wedi defnyddio geiriau ac ymadroddion Saesneg yn eu hiaith lafar hefyd. Mae'n wir bod defnyddio un math ar iaith ar gyfer y naratif a math arall yn y ddeialog yn tynnu gwahaniaeth rhwng y naratif a'r ddeialog nad yw'n bod yn y Ddaneg, ac weithiau yn creu gwahaniaeth rhwng llais mewnol cymeriadau a'u sgwrs ag eraill. Ond efallai nad drwg o beth yw hynny gan ei fod yn tynnu sylw at y gwahaniaeth rhwng yr hyn sydd ar yr wyneb a'r hyn sydd odano.

Yn yr amser presennol, yn rhannol neu'n gyfan gwbl, mae llawer o'r straeon wedi cael eu hysgrifennu. Trefn arferol y frawddeg Ddaneg yw: goddrych-berf-gwrthrych. Fel y Saesneg. Ond trefn arferol y frawddeg Gymraeg yw: berf-goddrych-gwrthrych. Sylweddolais yn fuan fod llawer o frawddegau Cymraeg y drafft cyntaf yn dechrau â 'Mae' (neu ffurfiau eraill ar y ferf 'bod') e.e. '*Mae*'r wledd briodas yn mynd i gael ei chynnal mewn neuadd ynghanol cae. *Mae* o leiaf ddeugain o geir o'i chwmpas. *Mae* Sten yn parcio ac *mae* Britta yn dod allan o'r car ac yn agor y drws imi.' Un posibiliad yw defnyddio ffurfiau cryno'r ferf yn y naratif er mwyn ychydig o amrywiaeth, ond ar wahân i'r ffurfiau cryno a arferir yn gyffredin i ddynodi'r presennol, mae hyn yn effeithio ar lefel ffurfioldeb y testun. Hynny yw, mae defnydd helaeth ohonynt yn mynd â'r testun i gywair mwy ffurfiol na defnydd o'r ffurfiau cwmpasog ('bod' + berfenw). Ffordd arall i osgoi gormod o 'mae' ar ddechrau pob brawddeg yw defnyddio brawddegau pwyslais (neu frawddegau cymysg) er mwyn caniatáu i rywbeth arall ddod o flaen y 'mae', ac rwyf wedi ymdrechu i wneud hynny lle y gallaf.

Teg dweud nad yw Helle Helle yn ceisio hoelio ei straeon mewn amser na lle penodol. Tueddu y mae at y cyffredinol yn hytrach na'r penodol. Yn anaml y cawn wybod ymhle yn union mae'r straeon yn digwydd, na phryd maent yn digwydd, ar wahân i adeg y flwyddyn, neu ddydd yn yr wythnos. Gwir hefyd nad oes bwlch diwylliannol enfawr rhwng diwylliannau Cymru a Denmarc – gwledydd yng ngogledd yr un cyfandir yw'r ddwy. Ond eto i gyd, mae peth o'r cynnwys yn atgoffa'r darllenydd bod y straeon wedi eu lleoli yn Nenmarc tua diwedd yr 20fed ganrif. Efallai mai yn 'Nid oes caeau mwstard yn Nenmarc rhagor' y mae'r cysylltiad amlycaf â Denmarc, nid yn unig am fod Denmarc yn nheitl y stori a statws Denmarc fel gwlad sy'n hunangynhaliol mewn mwstard yn destun sgwrs y ddau gymeriad yn y stori, ond y mae hefyd ddisgrifiad o dref fach ystrydebol o Ddanaidd gyda'i thai ffrâm bren traddodiadol, baneri Denmarc yn cwhwfan yng ngerddi ffrynt y tai, pwll dŵr a hen ffynnon.

Yn 'Dieithriaid cyfeillgar' nid oes gan Ulla ei ffôn poced ei hun. Gorfod benthyg gan un o staff y caffi mae hi am nad yw'r ffôn cyhoeddus, ei dewis cyntaf, yn gweithio. Nid ffôn yr aelod staff yw hi chwaith, ond ffôn poced ei phennaeth. Mae Ulla'n cael cyfarwyddyd ar sut i'w ddefnyddio ac mae'n addo i ferch y caffi na fydd yn siarad yn hir, oherwydd y gost dybiedig. Yn y stori, mae ffôn poced yn beth anghyffredin. Ond yr hyn sydd yn ei bag llaw yn lle ffôn poced yw paced o sigarennau, ac mae'n tanio cymaint ohonynt yn ystod y stori fel bod y darllenydd cyfoes yn gorfod gofyn i'w hunan a yw'n gyfreithlon iddi ysmygu mewn cymaint o leoedd.

Ac yna mae ychydig o bethau sy'n nodweddiadol, os nad yn unigryw i ddiwylliant Denmarc, sy'n gosod her i'r cyfieithydd. Yn Nenmarc, mae bara'n beth mawr. Er bod siopau bara annibynnol yn cau mewn llawer o drefi yng Nghymru a Denmarc fel ei gilydd y dyddiau hyn yn wyneb grym siopau cadwyn ac archfarchnadoedd, mae'r parch a roddir i fara yn Nenmarc a safon ac ehangder y dewis yn rhywbeth arbennig. Mae'r stori 'Rhagor o goffi?' yn dechrau adeg brecwast a chrybwyllir dau fath o fara – sef bara gwyn a bara crimp. I raddau helaeth, bara gwyn yw'r bara bob dydd yng Nghymru o hyd, felly mewn ffordd mae'n rhyfedd manylu mai bara gwyn ydyw yn Gymraeg. Ond nid felly yn Nenmarc, bara rhyg yw'r bara beunyddiol yno yn aml. Peth amheuthun yw bara gwyn (*franskbrød,* yn llythrennol 'bara Ffrengig' er nad yw'n Ffrengig) a fwyteir i frecwast arbennig, fel brecwast bore Gwener gyda chydweithwyr neu frecwast teuluol hamddenol dros y Sul. Ond nid yw'n anghyffredin i rai ei fwynhau dros frecwast yn ystod yr wythnos, fel y gwna Martin yn y stori hon. Ar y llaw arall, *knækbrød* yw dewis Betina. *Crispbread* yn Saesneg. Bara caled ond maethlon. Bara nad yw'n fara ac sy'n gyfarwydd i ni yng Nghymru fel dewis iachach na bara i bobl sydd am golli pwysau, ond nad yw i'w weld yn aml ar y bwrdd brecwast. Ond beth yw'r gair Cymraeg amdano? Mae'r geiriaduron yn cynnig sawl gair – dim un ohonynt yn gyfarwydd i mi. Ond ymddengys fod ychydig mwy o ddefnydd ar 'bara crimp' na'r cynigion eraill. Felly dyna'r rheswm dros ei ddewis. Tybed a oes arwyddocâd i ddewisiadau bara y ddau yn y stori?

Yn 'Dieithriaid cyfeillgar' mae Ulla yn galw mewn siop fara tua diwedd y prynhawn gan obeithio prynu rhywbeth bach i'w gŵr i ymddiheuro am ruthro o'r tŷ mewn hwyliau drwg, yn ogystal â thorth iddi hi ei hun. Yr hyn sydd ganddi mewn golwg ar gyfer ei gŵr yw tarten (*tærte*) neu rywbeth o'r enw *kringle*, sef cacen ar ffurf llinyn silindraidd o does gyda'r ddau ben wedi eu plygu i mewn tua'r canol ac yn croesi ei gilydd, tebyg i siâp *pretzel*. Ond maent i'w cael mewn siapiau eraill hefyd. Yn niffyg unrhyw beth tebyg yng Nghymru, y gair a ddefnyddiais yn y cyfieithiad oedd 'cacen'. Yr unig fara sydd ar ôl, gan ei bod yn hwyr yn dydd yw *grovbrød*, sef torth o flawd gwenith cyflawn gyda hadau – rhyw fath o gyfaddawd rhwng bara gwyn a bara rhyg – a bernais fod 'torth wenith cyflawn' yn gwneud y tro am honno.

Yn stori 'Y gwestai diwahoddiad' y daeth yr heriau mwyaf o safbwynt cyfleu cynnwys diwylliannol benodol. Teitl Daneg yw stori yw *Globryllup*, sef 'priodas wylio' yn llythrennol, sef gwasanaeth priodas y mae rhywun yn mynd i'w wylio heb gael gwahoddiad ffurfiol. Wrth gwrs, yn draddodiadol mae gwasanaethau priodas yn bethau cyhoeddus y caiff unrhyw un fynd iddynt, oni bai eu bod yn fwriadol yn rhai preifat. Ys dywed Regitze yn y stori 'mae gan bawb yr hawl i wylio priodas'. Felly pam bod angen term penodol mewn Daneg ar gyfer 'gwylio priodas'? Yn Nenmarc mae rhai cyplau yn hysbysebu eu priodas yn gyhoeddus fel *globryllup* fel ffordd i wahodd cydweithwyr, cydnabod, cymdogion, ac yn y blaen, yn anuniongyrchol – rhyw fath o briodas 'croeso i bawb'. Mae rhai yn mynd i *globryllup* am fod ganddynt gysylltiad a'r pâr ifanc, ond mae rhai yn mynd fel rhan o'r paratoadau at eu priodas eu hunain: edrych ar yr adeilad, gweld sut un yw'r offeiriaid, cael syniadau am wisgoedd ac addurniadau yn yr eglwys. Ac mae ambell un, fel Regitze, yn y stori hon, yn mynd am rywbeth i'w wneud, ac yn ei hachos hi, er mwyn lladd amser tan i'r bws nesaf ddod i'w hachub.

Mewn ymgais i ddianc o'r wledd briodas yn ôl i'r pentref i ddal y bws mae Regitze yn gofyn i un o'r gweinwyr am gael benthyg beic. Yn ddigon naturiol, mae'n gofyn iddi pam mae hi eisiau beic. Ac mae'n dyfalu ei bod am ei ddefnyddio ar gyfer rhan o'r dathliadau. Yn y cyfieithiad mae e'n gofyn: '*Wbath i neud efo chwara tricia ar y pâr ifanc?*' Mae'r testun Daneg yn cyfeirio at draddodiad priodasol lle ysgrifennir caneuon doniol am y pâr ifanc i'w canu gan y gwesteion a'u cuddio mewn rhywbeth â chysylltiad personol â'r pâr ifanc. Felly mae'r gweinydd yn cymryd bod Regitze am ddefnyddio'r beic i storio'r penillion, efallai am fod y pâr ifanc yn hoffi beicio. Gellir cuddio'r caneuon hyn mewn pob math o gynwysyddion (*sangskjuler*) e.e. pecyn o sglodion McDonald's gyda chân ym mhob tshipsen, *iPhone,* tusw o flodau, platiaid o *sushi,* neu deisen ben blwydd gyda'r caneuon wedi eu rholio i fyny yn y canhwyllau. Mae rhai yn cymryd diléit mawr mewn gwneud cynwysyddion eu hunain neu mae modd prynu rhai parod. O ran cyfieithu *sangskjuler,* er bod adrodd penillion yn draddodiad priodasol Cymreig eithaf agos, penderfynais gyfeirio at y traddodiadau sy'n ymwneud â rhwystro ymadawiad y pâr ifanc fel cwinten neu glymu tuniau i'r car a'i addurno â dymuniadau da (neu negeseuon eraill).

Afraid dweud y bu'n rhaid imi wneud cant a mil o benderfyniadau wrth drosi'r casgliad hwn o straeon i'r Gymraeg, ac fel pob cyfieithydd rwy'n siŵr fy mod i wedi bradychu'r gwreiddiol lawer gwaith. Serch hynny, fy ngobaith i yw y bydd y cyfieithiad yn llwyddo i roi blas ar waith awdur a all fod yn anghyfarwydd, sy'n ysgrifennu yn un o ieithoedd gwladwriaethol llai Ewrop, ac sy'n codi cwr y llen ar fyd sydd weithiau'n teimlo'n anghyfarwydd ac weithiau'n gyfarwydd iawn.

Mawr yw fy niolch i bawb sydd wedi rhoi mor hael o'u hamser i drafod geiriau ac ymadroddion Cymraeg ac sydd wedi fy annog yn ystod y prosiect â'u brwdfrydedd, gan gynnwys: Iwan Bryn, Mary Burdett-Jones, Jonathan Campbell, Patrick Carlin, Gwenan Creunant, Llinos

Dafis, Robert Lacey, Siân Owen, a Meinir Pritchard. Ymddiheuriadau mawr i unrhyw un nad ydw i ddim wedi ei grybwyll.

Ni fyddai'r gyfrol wedi bod yn bosibl heblaw am diwtoriaid yr ysgol ieithoedd yng Nghopenhagen, Studieskolen, yn enwedig fy nhiwtor Daneg cyntaf, Louise Storm, a borthodd fy niddordeb yn y Ddaneg yn ôl yn 2022. Diolch hefyd i Helene Dørup am drafod rhai agweddau o'r straeon Daneg gwreiddiol oedd wedi bod yn her imi. A diolch o galon i Helle Michelsen a John Barnie am gadw fflam y Ddaneg yn fyw dros baned yn Aberystwyth.

Rwy'n ddiolchgar iawn am y cymorth gan Statens Kunstfond (Sefydliad Celfyddydau Denmarc) i gyfieithu a chyhoeddi'r gyfrol. Diolch hefyd i Olygydd Llyfrau Melin Bapur, Adam Pearce, am ei frwdfrydedd heintus ac am ei waith ymarferol gyda'r trefniadau cyhoeddi. Mae arnaf ddyled arbennig i Meinir Pierce Jones am olygu'r cyfieithiadau ac rwy'n hynod o ddiolchgar iddi am ei sylwadau craff a'i chyngor doeth. Afraid dweud, fi biau unrhyw frychau sy'n weddill.

Richard Crowe, 2025

Denmarc
Copenhagen
Randers
Ynys Fyn
De Jutland
Ynys Møn
Ynys Lolland

Rhagor o goffi?

Y fi sy'n dod o hyd iddo. Mae'n eistedd wrth y carborth. Gyda rhywbeth gwyrdd tebyg i ddillad heliwr amdano. Yn yr hen gadair gardd, yn pwyso'n ôl yn hamddenol. Yn rhwbio ei ddwylo ar ei gluniau. Mae'r haul yn codi.

'Martin,' meddaf fi. 'Mae 'na ddyn yn eistedd wrth y carport.'

Mae Martin yn troi â'i gwpanaid o goffi yn ei law. Mae'n edrych drwy'r ffenestr, troi'n ôl, a rhoi'r gwpan i lawr o'i flaen. Mae'n cymryd tafell o fara gwyn.

'Ife Ole Hansen sydd 'na?' gofynnaf.

Nodia Martin. Ac ysgwyd ei ben. A nodio eto.

'Ie, Ole Hansen sydd 'na,' meddai.

'Beth wyt ti'n meddwl mae e isie?'

'Dyw e ei hun ddim yn gwbod hynny hyd yn oed.'

Mae Martin yn rhoi dwy dafell o gaws ar y bara. Mae'n cnoi gan sychu briwsion oddi ar ei grys.

'Ddylwn i fynd â paned o goffi iddo?' gofynnaf.

'Na, ddylet ti ddim. Ddylet ti ddim mynd allan o gwbl heddiw.'

'Na.'

Rwy'n taenu mêl ar fy mara crimp.

'Wyt ti'n meddwl bod rhywbeth yn bod arno?' gofynnaf.

'Ddim mwy nag arfer.'

Nid siarad ar ei gyfer mae Martin. I'r Cyngor mae e'n gweithio; bron bob dydd bydd Ole Hansen yn eistedd yn ffreutur y Cyngor, er nad oes ganddo fusnes i fod yno. Bydd yn eistedd yno, yn rhwbio ei gluniau, yn ôl ac ymlaen. Mae ei drowser wedi gwisgo'n denau lle mae'n rhwbio. Dyw e ddim heb ei ddoniau. Ar un adeg bu'n ymarfer fel meddyg clustiau, trwyn a gwddf. Ond yna cafodd ei daro gan feirws a effeithiodd ar ei ymennydd a'r un adeg yn union bron fe gollodd ei unig fab. Mae peth felly yn gadael ei ôl, a dyna pam maen nhw'n gadael iddo eistedd yn y ffreutur. Fydd e ddim yn siarad â neb, dim ond eistedd. Ar ôl eistedd am ychydig, bydd yn mynd eto.

'Pam wyt ti'n meddwl fod e'n eistedd yma yn ein gardd ni?' gofynnaf.

'Hap a damwain. Mae e wedi bod yn eistedd yng ngerddi rhai o'r lleill hefyd.'

'Ydy e?'

'Ydy. Yng ngardd Allan. Ac yng ngardd Ursula. Ac yng ngardd un o'r bobl sy'n gweithio yn yr Adran Gyllid.'

'Sut mae'n gwbod ble dych chi'n byw?'

'Dyw e ddim. Crwydro'n ddiamcan mae e.'

'Druan ag e.'

'Ie.'

Fe aiff Martin i frwsio ei ddannedd. Clywaf ei sŵn. Arhosaf ar f'eistedd wrth y bwrdd ac edrych i lawr drwy'r ardd. Mae'r coed yn noeth. Mae modd gweld drwy'r gwrych hyd yn oed. Mae ychydig o adar y to yn glanio ar y bwrdd adar. Rwy'n nodio i gyfeiriad Ole Hansen. Dyw e ddim yn ymateb, mae'n siŵr nad yw'n gallu fy ngweld yn y gegin.

Fe eistedda Martin ar y grisiau i glymu careiau ei esgidiau. Mae arogl past dannedd arno.

'Ta beth, fe gaf i wared ag e nawr,' meddai Martin.

'Siŵt?'

'Dim ond imi ddweud wrtho fod rhaid iddo fynd, ac fe aiff.'

'Yn bersonol, dw i'n ddigon hapus iddo gael eistedd yna.'

Fe edrycha Martin i fyny.

'Dyw e ddim yn cael eistedd yn ein gardd ni, ddim ar unrhyw gyfri, a tithe gartre ar dy ben dy hun.'

'Dyw e ddim yn codi ofn arno i.'

'A does dim rheswm iti ofni fe. Ond dw i ddim isie iddo fe aros yna.'

Mae'n codi ac yn rhoi'i got amdano.

'Brysia wella,' meddai gan roi sws ar fy moch.

Rwy'n cau'r drws ar ei ôl. Safaf wrth ffenestr y drws yn ei wylio'n mynd i lawr llwybr yr ardd at Ole Hansen. Fe saif ychydig o'i flaen ag un llaw yn ei boced. Yna, aiff i'r carborth, datgloi drws y car a mynd i mewn iddo. Mae'n cychwyn y car. Ar yr un pryd mae Ole Hansen yn codi o'r gadair gardd. Mae'n cerdded drwy'r carborth, heibio'r car oedd yn bacio yn ôl, troi i'r dde i lawr at y palmant a diflannu. Mae Martin yn llywio'r car allan i'r ffordd ac anelu i'r chwith. Mae'n canu'r corn ac yn gwneud arwydd imi fod Ole Hansen bellach wedi mynd. Rwy'n nodio.

Pan mae car Martin wedi mynd, rwy'n gwisgo fy welingtons. Cerddaf allan o'r tŷ, i lawr drwy'r ardd i'r dde, i'r un cyfeiriad ag Ole Hansen. Allaf i mo'i weld yn unman. Rwy'n edrych ym mhob gardd a dreif a'r tu ôl i'r llwybr beicio. Eistedd ar fainc tu allan i gwt y Sgowtiaid mae e gan rwbio'i gluniau.

Rwy'n sefyll yn stond ar y palmant.

'Bore da, Ole Hansen,' meddaf fi gan wenu. 'Betina yw f'enw i. Fy ngardd i yw'r ardd dych chi newydd fod yn eistedd ynddi. Dw i'n briod â Martin o'r Cyngor.'

Dyw Ole Hansen ddim yn ymateb.

'Mae hi'n ddigon oer,' meddaf fi. 'Tybed oes awydd paned arnoch chi? Galla i nôl un ichi.'

Edrych yn syth i'm hwyneb y mae yn awr. Dyw e'n dweud dim.

'Fe af i nôl paned 'te. Arhoswch chi yn fanna.'

Rwy'n dechrau cerdded wysg fy nghefn ar hyd y palmant. Rwy'n dal i wenu arno.

'Arhoswch chi ar y fainc, da chi,' meddaf fi.

Rwy'n troi ac yn brysio adref. Hen got Martin sydd amdanaf; yr un sy'n hongian yn union o flaen y cyntedd. Rwy'n gwisgo sgarff a menig hefyd. O'r drâr yn y bwrdd bwyd rwy'n nôl fflasg ac yn dod o hyd i gwpan, ei dodi ym mhoced y got a chloi'r drws â'm llaw rydd. Rwy'n cerdded yn gyflym i lawr at gwt y Sgowtiaid.

Dal i eistedd yno mae e.

'Dyma ni. Coffi twym,' meddaf fi gan fynd ato. Rwy'n gosod y gwpan ar y fainc a'i llenwi. Mae wedi stopio rhwbio'i gluniau, ac mae'n cymryd y gwpan ac yn yfed. Eistedda gyda'r gwpan rhwng ei ddwylo. Safaf o'i flaen gyda'r fflasg. Rhwng pob llymaid mae'n chwythu ar y coffi. Cyfyd stêm o'r gwpan i'w wyneb.

'Felly, dych chi'n cerdded o gwmpas fel hyn ac yn chwilio am rywle i eistedd,' meddaf fi.

Dyw e ddim yn ateb; dw i ddim yn disgwyl iddo wneud chwaith.

'Gweithio fel technegydd mewn labordy ydw i,' meddaf fi. 'Ond dw i ffwrdd o'r gwaith yn sâl heddiw. Mae annwyd arno i. Roedd Martin yn meddwl y dylen i aros gatre.' Mae'r ddaear o flaen y fainc yn llawn dail pwdr. Rwy'n turio yn y dail â phen blaen un o'm welingtons.

'Weithiau mae'n braf cael dianc o'r ffair a'r ffwndwr. Yn enwedig ar ddiwrnod mor hyfryd.'

Rwy'n carthu fy ngwddf ac yn edrych ar Ole Hansen. Mae wedi dodi'r gwpan o'i flaen ar y fainc. Cymeraf gam tuag ato.

'Rhagor o goffi?' gofynnaf, yn fwy eofn nag roeddwn wedi bwriadu.

Yna mae'n codi yn sydyn ac yn brysio heibio imi. Mae'n cerdded ar hyd y palmant, yn cerdded yn gyflym.

Rwy'n trotian ar ei ôl drwy'r ystad o dai gan estyn y fflasg ato.

'Beth sy'n bod?' gofynnaf. 'Oes rhywbeth galla i wneud?'

Brasgamu yn ei flaen y mae e. Rydym bellach wedi cyrraedd y gornel. Daw Bente i'w gardd ag ysgubell yn ei llaw. Mae'n aros ac yn dweud fy enw; dw i ddim yn cymryd sylw ohoni. Rwy'n ymestyn am Ole Hansen o'r tu cefn iddo, ac yn cyffwrdd yn ei ysgwydd.

'Beth am inni eistedd yn rhywle? Gallen ni eistedd gyda'n gilydd am ychydig.'

Mae'n dod i stop ac yn troi tuag ataf, a safwn wyneb yn wyneb. Safwn yn eithaf agos i'n gilydd. Mae aroglau gwlân yn codi oddi arno. Byth ers hyn, byddaf yn cysylltu'r ddau beth; arogl gwlân a'r hyn a ddywed.

'Mae'ch gŵr wedi bod yn cael affêr, gydag Ursula Steen,' meddai fe.

O dan ei siaced werdd mae'n gwisgo siwmper drwchus; dim ond nawr rwy'n ei gweld. Tybed a yw wedi cael ei gwau â llaw, gofynnaf i mi fy hun, ac os felly, pwy sydd wedi ei gwau iddo?

'Na smart yw'ch siwmper chi,' meddaf fi.

Mae'n troi eto ac yn cerdded i ffwrdd. Rwy'n ei ddilyn. Dw i ddim yn dweud rhagor. Rwy'n cerdded ychydig o lathenni tu ôl iddo. Awn heibio'r neuadd a'r ffatri siwgr, yr holl ffordd i ganol y dref a thrwy'r strydoedd culion. Mae'n datgloi drws tŷ coch ffrâm bren traddodiadol. Mae'n amlwg taw yma y mae'n byw. Aiff i mewn a chau'r drws yn glep i ganu'n iach â mi. Rwy'n cerdded ymlaen ar hyd y stryd ac i fyny i'r sgwâr. Af heibio'r ffynnon a dod i sefyll wrth ymyl swyddfa'r Cyngor.

Mae un o 'mreichiau'n brifo. Y fraich rwy'n i'n ei defnyddio i gario'r fflasg. Gadael i'r fraich hongian rydw i a rhwbio'r cyhyr sy'n brifo. O big y fflasg mae ychydig o goffi'n diferu ar y palmant. Dyna sut rwy'n sefyll.

Y casgliad

Jeanette, bron yn ddieithriad, sy'n gorfod talu pan fydd angen prynu rhywbeth. Y llynedd dechreuson nhw ddefnyddio blwch casglu, ond dyw e ddim yn gweithio. Mae pobl yn anghofio rhoi arian ynddo bob mis, ac yna mae hi'n dal i orfod mynd o gwmpas a gofyn am yr arian wedyn. Pedwar ar bymtheg ohonyn nhw sydd yn yr adran. Rhaid prynu anrhegion pen blwydd ac anrhegion mamolaeth a blodau ar gyfer gwahanol achlysuron.

Blodau angladd oedd hi y tro hwnnw. Roedd un o'r ysgrifenyddesau, Edith, wedi colli ei gŵr. Cwympodd yn sydyn, ac yntau heb gyrraedd ei drigain. Roedden nhw'n un o'r cyplau hynny a oedd yn dal i gerdded law yn llaw. Chawson nhw erioed blant. Fe fydden nhw'n teithio dramor sawl gwaith y flwyddyn. Hi fyddai'r gyntaf i adael pob cinio Nadolig a phob parti arall. 'Dw i'n mynd adref at Erik,' dywedai hi, 'rydyn ni'n mynd i'r sinema heno.' Neu i'r theatr, neu am dro i ynys Môn. Roedd ganddyn nhw dŷ haf ar ynys Môn. Ar ddarn mawr o dir gwyllt a âi'r holl ffordd at y môr. Dyna lle cwympodd e. Meddyliai hi ei fod yn gorwedd ar y borfa'n gwylio adar. Wrthi'n ysgwyd y llwch o rygiau yn y tŷ roedd hi pan welodd hi fe'n gorwedd yno. Agorodd y ffenestri a dodi'r rygiau yn ôl yn eu lle. Gwnaeth frechdan gaws a phaned o goffi a mynd â nhw ato drwy'r borfa. 'Dyma baned i ti,' roedd hi am ddweud. Roedd hi am ddweud wrtho fod yna gynffon llygoden o dan un o'r rygiau. Meddyliai tybed beth oedd hanes y llygoden; roedd hi am ofyn i Erik sut gallai hynny fod wedi digwydd. Fe gariodd y frechdan gaws ar blât melyn yn araf drwy'r borfa.

Cafodd Jeanette wybod bopeth gan Dorte o'r Adran Bersonél. Ar y grisiau y trawson nhw ar ei gilydd. Roedd Edith wedi ffonio a rhoi neges i Dorte ychydig yn ôl. Swniai'n anhygoel o hunanfeddiannol; wrthi yn rhoi trefn ar ei bapurau roedd hi. Angladd preifat oedd i fod, dyna fu ei ddymuniad erioed.

Aeth Jeanette yn ôl i'r adran a dweud wrth bawb na fyddai Edith yn dod yn ôl i'r gwaith am fod ei gŵr wedi marw. Ailadroddodd yr hanes am sut y digwyddodd. Yna, aeth i'r siop flodau. Doedd hi ddim yn siŵr a ddylai brynu torch ynteu tusw, ond tusw a brynodd yn y diwedd. Talodd a mynd yn ôl; cafodd waith setlo am weddill y dydd. Siaradai pawb â'i gilydd yn dawel. Buon nhw'n hir dros ginio. Gallai popeth arall aros; gan gynnwys popeth oedd yn ymwneud ag arian.

Mynnodd Edith ddod yn ôl i'r gwaith ddau ddiwrnod ar ôl yr angladd. Gwisgai ffrog las. Soniodd am ei holl gynlluniau at y dyfodol; symud i fflat, cael gwared o'r tŷ haf, ac yn bennaf, cario ymlaen gyda'i gwaith. Doedd hi ddim am iddyn nhw wneud unrhyw drefniadau arbennig ar ei chyfer.

Ar ôl y cyfarfod aeth o gwmpas a siglo llaw â phawb. Roedd ei llaw yn oer. Wyddai Jeanette ddim beth i'w ddweud. Roedd yn ymddangos fel petai dim ots gan Edith. Gwenodd Edith ar bawb ac yna mynd i eistedd yn ei lle wrth y ffenestr yng nghanol y swyddfa o flaen ei chyfrifiadur. Syllodd yn ddwys ar y sgrin drwy'r dydd. O bryd i'w gilydd fe âi i nôl ffolder o'r cwpwrdd a gwirio enw neu gyfeiriad. Siaradai ychydig â hi ei hun a tharo ei bysedd yn ysgafn ar ei boch. Roedd i'w chlywed yn siarad yn hollol normal dros y ffôn.

Tair wythnos yn ddiweddarach ac mae naw sydd heb dalu o hyd. Aiff Jeanette o gwmpas gyda'r blwch casglu gwag a rhestr o enwau i'w croesi i ffwrdd. Mae'n dod i

16.50 *kroner* y pen. Mae wedi penderfynu mai dyna'r tro olaf y bydd hi'n talu am bopeth. Wedi'r cyfan, mae'n swm nid ansylweddol o arian, ac mae wastad un na fydd byth yn cyfrannu.

Aiff o gwmpas y swyddfeydd. Mae'n swnio'n siriol. Dyw hi ddim am ymddangos yn bitw nac yn grintachlyd. Mae llawer heb yr arian cywir, a does dim newid gyda hi. Dôn nhw i gytundeb y bydd rhaid aros tan y tro nesaf. Ond mae un o'r dynion yn rhoi arian yn y blwch ar unwaith gan gyffwrdd â'i llaw. Maen nhw'n gwenu ar ei gilydd. Mae hi'n dileu ei enw e o'r rhestr ag un llinell ofalus.

Mae'n dal i wenu ar ei ffordd drwy'r swyddfa ganol. Cyfyd Edith ei llygaid oddi ar y sgrin ac amneidio tuag at y blwch casglu y mae Jeanette yn ei ddal rhwng ei dwy law.

'Casgliad arall?' hola Edith wrth ymestyn am ei bag llaw o'r llawr.

Fe ddaw Jeanette i stop heb ateb.

'Pen blwydd pwy yw hi heddi?'

Cymera Edith ei phwrs o'i bag llaw a chwilota ynddo.

'Dim ond papur 50 sydd gyda fi.'

Cynigia'r papur 50 iddi. Mae polish ar ei hewinedd hir. Dyw Jeanette erioed wedi ei gweld hi gyda pholish ar ei hewinedd. Ŵyr hi ddim chwaith i le mae'n mynd gyda'r hwyr.

'Edith,' meddai hi, 'sdim rhaid i ti dalu. Dim ond dal i fyny â'r hen gyfrifon ydw i.'

'Oes arna i ddim byd?'

Gwena Edith. Mae Jeanette yn symud y blwch casglu i un llaw ac yn gollwng ei braich.

'Dw i ddim yn meddwl,' meddai hi gan blygu i lawr.

'Wyt ti'n siŵr? Edrycha 'to ar y rhestr.'

Ond yna, yn ffodus, mae'r drws yn agor, ac mae'r ddwy yn troi i edrych. Negesydd beic sydd yno ac amlen fawr frown yn ei ddwylo. Cymera Jeanette yr amlen o'i ddwylo, a'i throi drosodd, darllen y geiriau sydd arni yn uchel a'i hysgwyd. Mae'r negesydd beic yn rhyfeddu at y sylw y mae'r amlen yn ei chael.

'Os ca' i ofyn am lofnod,' meddai fe, ac mae Edith yn llofnodi.

Y gwestai diwahoddiad

Ar fympwy y crwydrais i i mewn i'r eglwys. Camgymeriad oedd dod oddi ar y bws yn y rhan hon o'r dref. Dylwn fod wedi aros nes inni gyrraedd ardal y tai haf, ond mwya'r sydyn doeddwn i ddim yn siŵr ble roeddem ni. Er mwyn holi rhywun y des i oddi ar y bws. Fel mae'n digwydd, roedd hynny ddeunaw cilometr yn rhy gynnar. Mewn pedair awr, am dri o'r gloch, y bydd y bws nesaf yn gadael. Felly mae hi ar ddydd Sadwrn ym mherfeddion cefn gwlad.

Rwy'n eistedd nawr mewn eglwys wledig gyda fy mag chwaraeon ynghanol pobl yn eu dillad gorau. Rhaid llenwi'r amser rhywsut. Mae'r drws allanol yn dal ar agor ac mae'r haul yn disgleirio tu allan. Ar ben bryn y mae'r eglwys. Mae golygfa eang dros y caeau a'r awyr pan rwy'n troi fy mhen ac edrych allan. Mae'r llawer o'r lleill yn troi i edrych yn ôl ac ymlaen. Daw sŵn siffrwd o'r portsh. Yna, dechreua'r organ ganu ac mae'r briodferch yn hwylio i mewn ar fraich ei thad. Mae pobl yn codi, yn nodio ac yn gwenu.

Rwy'n edrych yn llygaid y briodferch wrth iddi basio. Mae ganddi wallt golau wedi'i glymu'n gocyn bach. Mae ei thad yn nodio. Mae gwraig hŷn wrth fy ochr yn pwyso ymlaen drosof.

'Ooo!' meddai hi mewn llais isel.

Mae ei llais yn crynu. Mae aroglau camffor arni hi.

'Ieee,' rwy'n sibrwd.

'Ondife, jyst,' meddai'r hen wraig dan grynu o hyd.

Rydym yn eistedd ac mae'r seremoni'n mynd rhagddi.

Rwy i ar fin gadael yr eglwys. Dyna ddylwn i ei

wneud. Ond ar y llaw arall, mae gan bawb yr hawl i wylio priodas. Ac os rwy'n gadael yr eglwys, byddaf yn tynnu tipyn o sylw. Felly rwy'n aros ac yn ymuno yn y canu, pan fydd yna ganu, ac yn dod o hyd i'r emyn nesaf mewn da bryd.

Yna, o'r diwedd, daw'r cyfan i ben, ac mae'r pâr ifanc yn cusanu. Mae'r drysau'n agor ac mae'r organ yn canu. Cerddant law yn llaw i lawr yr ale dan wenu.

Ar ôl iddyn nhw adael yr eglwys mae'r gwesteion yn eu dilyn. Rwy'n aros tan y diwedd cyn gadael. Yn y portsh mae gwraig sy'n ysgwyd llaw â phawb - mam y briodferch, siŵr o fod. Rwy'n ysgwyd llaw â hi.

'Llongyfarchiadau,' meddaf fi.

'Diolch yn fawr.'

Mae hi'n dal fy llaw yn dynn ac yn craffu ar fy wyneb.

'Regitze ydw i,' meddaf fi.

Mae'n sioncio drwyddi.

'Croeso Regitze,' meddai hi. 'Gawsoch chi siwrnai dda?' Rwy'n nodio.

'Gallwch chi gael lifft gyda Britta a Sten. Mae hen ddigon o le gyda nhw.' Mae hi'n fy llusgo o'r portsh a'm gosod o flaen cwpl canol oed.

'Britta a Sten. Bydd Regitze yn mynd gyda chi,' meddai hi gan ollwng fy llaw.

'Iawn,' meddai'r wraig.

'I'r dim,' meddai'r dyn.

Wy ddim yn gwybod beth ddylwn i ddweud. Rydym yn ysgwyd llaw. Yna trown i edrych ar y pâr ifanc sy'n cael tynnu eu lluniau ar y grisiau. Mae Britta'n estyn bag bach ac yn taflu reis drostyn nhw.

'Ddim eto, Britta!' mae menyw yn gweiddi.

Daw Sten yn nes ataf.

'Ife chi yw'r chwaer 'te?' gofynna.

'Nage,' meddaf fi.

Yna, dyma fi mewn BMW gwyrdd gyda Sten a Britta.

Dyw e'n dweud dim. Hithau'n siarad fel melin bupur. Am ffrog y briodferch, yr emynau a'r deisen briodas roedd hi wedi bod yn ei rhoi at ei gilydd ddoe. Echdoe roedden nhw wedi cyrraedd ac roedden nhw'n aros mewn tafarn ychydig y tu allan i'r dref.

Yn y cefn rwy'n eistedd. Mae fy mag chwaraeon yn fy nghôl. Mae Britta yn troi ac yn pwyntio ato.

'Ife dyna'r anrheg?'

Rwy'n ysgwyd fy mhen.

'Dillad i newid, mae'n rhaid,' meddai hi gan nodio. Ac yna rwy innau'n dechrau nodio.

'Ti'n gwbod beth?'

Mae hi'n troi at Sten.

'Gad inni alw heibio'r dafarn, i Regitze gael newid yno. Bydd hi gymaint yn haws. Beth ŷch chi'n ddweud, Regitze?'

'Iawn,' meddaf fi.

Rwy mewn toiled merched. Clywaf aroglau powdr sgwrio. Rwy'n twrio yn fy mag chwaraeon. Wrth lwc, mae gen i ffrog a phâr o sandalau. Gwaetha'r modd, mae'r ffrog yn grychau i gyd. Rwy'n dabio dŵr ar y mannau mwyaf rhinclyd ac yn smwddio'r deunydd drwy ei ddal yn dynn o dan y peiriant sychu dwylo. Fe wnaiff y tro. Yn niffyg dim byd arall, rwy'n rhwbio eli haul ar fy mreichiau. Rwy'n gwneud fy ngwallt ac yn ei glymu â band lastig y dof o hyd iddo ar y llawr. Gallaf ymdopi heb bolish ar ewinedd fy nhraed ond rwy'n golchi fy nhraed yn y basn.

Edrychaf arnaf fy hun yn y drych. Dw i ddim yn gwybod sut olwg sydd arna i. Rwy'n pacio'r jîns, y treinyrs a'r crys chwys yng ngwaelod y bag chwaraeon ac yn gwaredu. Wy i ddim yn edrych fel fi'n hunan.

Mae Britta yn aros y tu allan i'r drws. Mae hi'n gwyro ei phen i'r naill ochr ac yn crychu ei thalcen.

'Ie, ie,' meddai hi, 'ffrog fach bert.'

'O Israel mae'n dod,' meddaf fi.

'Wrth gwrs. Yn Israel ŷch chi'n byw.'

'Nage,' meddaf fi.

'Nage ddim?'

'Nage, yn Randers dw i'n byw.'

'O wel, dw i'n siŵr bod y ddau le rhywbeth yn debyg,' meddai Britta.

Yn y car, mae hi'n estyn potelaid fach o bersawr imi.

'Helpwch eich hun,' meddai hi.

Rwy'n dal y botel o dan fy nhrwyn ac yn ysgwyd fy mhen.

'Na, dyw e ddim i fi, diolch.'

'Lan i chi.'

Mae hi'n edrych ar fy mag chwaraeon. Dyna rwy innau'n ei wneud. Yna, rwy'n edrych allan. Allai neb fod wedi dymuno gwell tywydd ar gyfer priodas. Cymylau bach tew a chrwn yw'r unig gymylau yn yr awyr, cymylau tebyg i ŵyn bach.

'Nawr dw i'n gwbod,' meddai Britta. 'Chi yw'r un sy'n dod ag anrheg fawr.'

Wy ddim yn ateb.

'O'n i'n meddwl,' meddai Britta.

Caiff y wledd briodas ei chynnal mewn neuadd ynghanol cae. Mae o leiaf ddeugain o geir o'i chwmpas. Mae Sten yn parcio ac mae Britta yn dod allan o'r car ac yn agor y drws imi.

'Diolch am y lifft,' meddaf fi.

'Dim problem,' meddai Britta.

Awn i mewn. Rwy'n gadael fy mag chwaraeon yn yr ystafell gotiau. Mae'r ystafell fwyta wedi ei haddurno â blodau a chanhwyllau. Yng nghanol yr ystafell mae bwffe ac yng nghanol y bwffe mae'r deisen briodas. Mae cwpl o bobl ifainc mewn dillad gweini du a choch yn cario bara a photeli o win i mewn. Rwy'n mynd at y deisen briodas ac yn edrych ar y bobl fach blastig ar y top – pâr ifanc serennog yn gwenu.

'Byddet ti wrth dy fodd,' meddai'r hen ddyn tu ôl imi.

'Byddwn.'

Rwy'n nodio. Mae ffon gerdded ganddo. Mae'n cerdded tuag ataf ac yn cynnig ei fraich imi.

'Gaf i'ch hebrwng chi mas, 'merch i?' gofynna ac rwy'n nodio.

Cerddwn fraich ym mraich ar draws y llawr ac allan drwy ddrws agored y teras. Mae diod croeso yn cael ei gweini tu allan. Mae'r hen ddyn yn dal fy mraich yn dynn â'r naill fraich ac yn dal ei wydryn â'r llall. Mae wedi rhoi ei ffon gerdded i lawr yn erbyn gwrych.

''Na bishen smart ti 'di bachu, Mads!' meddai dyn mewn acen nodweddiadol o ynys Fyn.

Achosodd hynny i rai chwerthin.

'Galle'r ddau ohonon ni eistedd wrth y ford 'da'n gilydd,' sibryda'r hen ddyn wrthyf. Fe symuda'r pâr ifanc drwy'r dorf a chyfarch pawb. Mae'r briodferch yn wirioneddol hardd. Mae ei llygaid yn dywyll ac yn hollol grwn ac mae ganddi wallt golau. Mae'r gwas priodas yn anhygoel o dal, dros droedfedd yn dalach na'r briodferch. Maen nhw'n cerdded law yn llaw. Mae gen i deimlad ei bod yn feichiog – rhywbeth am y ffordd mae'n symud o gwmpas pobl. Mae'n gadael i'w llaw rydd lithro dros ei bol ac yna rwy bron yn siŵr.

'Jutta yn ei ffrog bert,' meddai'r hen ddyn wrtho'i hun.

Fe ddaw'r pâr ifanc yn nes.

'Ydy hi'n feichiog?' sibrydaf yn ei glust.

Mae'r hen ddyn yn gafael yn dynnach yn fy mraich ac yn symud yn agos iawn tuag ataf.

'Beth, bach?'

'Dim byd.'

'Popeth yn iawn.'

'Fe af i nôl eich ffon, Mads,' meddaf fi. 'Dw i'n

mynd i'r tŷ bach.'

Rwy'n ymestyn am y ffon a'i rhoi iddo a cherdded i ffwrdd.

Fe saif menyw yn nrws y teras â llyfr nodiadau yn ei llaw. Mae'n gwisgo rhywbeth tebyg i siwt las morwr gyda botymau aur. Mae'n edrych arnaf yn ddifynegiant.

'Unrhyw anerchiadau neu benillion?'

'Na.'

'Ydych chi wedi dod â'ch anrheg?'

Edrychaf i lawr ar ei thraed. Mae hi'n gwisgo sandalau melyn ac mae ei chnawd yn chwyddo drwy'r strapiau.

'Gallech chi ddweud hynny,' meddaf fi.

Mae'n edrych yn amheus arnaf ac yn codi ei haeliau.

'Fi sydd wedi dod â'r un fawr,' meddaf fi gan wenu.

'O, felly.'

Mae hi'n ysgrifennu rhywbeth yn ei llyfr nodiadau.

'A'ch enw chi yw...?'

'Regitze.'

'Wel wir, does dim drysu'r enw yna,' meddai hi gan ysgrifennu rhywbeth arall yn ei llyfr nodiadau. Rwy'n cerdded drwy'r ystafell fwyta ac allan i'r coridor, ac yn taro fy mhen heibio i ddrws sy'n edrych fel petai'n arwain i'r gegin. Saif menyw â'i chefn ataf i yn swilio gwydrau mewn ffordd ymosodol iawn. Mae dau ddyn ifanc mewn dillad gweini yn eistedd wrth fwrdd yn ysmygu.

'Dach chi'n chwilio am wbath?' hola un ohonynt wrth godi.

'Ydw,' meddaf fi.

Mae'n dod tuag ataf.

'Sut fedra i helpu chi?'

'Dw i'n meddwl 'mod i ar goll,' meddaf fi, ond yna rwy'n gweld Britta yn cerdded drwy'r gegin ychydig o fetrau i ffwrdd. Rwy'n symud yn ôl ychydig tuag at y drws. Mae'n edrych arnaf.

'Ar goll,' meddai'r dyn ifanc.

'Dw i'n ffaelu ffindo'r tŷ bach,' meddaf fi ac rwy'n nodio ar Britta. Mae ganddi bupur gwyrdd yn un llaw.

'Dowch efo fi,' meddai'r dyn ifanc ac rwy'n ei ddilyn ar draws yr ystafell gotiau ac allan i'r ochr arall. Un cydnerth a chyhyrog yw e ac mae ganddo wallt golau cwta. Yn anffodus, mae gormod o aroglau sebon neu rywbeth tebyg arno. Mae'n stopio tu allan i ddrws ac yn pwyntio ato.

'Dyma chi'r lle chwech,' meddai fe. 'O'dd 'na rywbeth arall fedren i neud i'ch helpu chi?'

'O's 'da ti feic gallen i fenthyg?' gofynnaf.

Mae'n edrych yn syn arnaf.

'I be' dach chi angan o? Wbath i neud efo chwara tricia ar y pâr ifanc?'

'Nage, dw i'n despret am dipyn bach o awyr iach,' meddaf fi. Roedd yn amlwg fy mod wedi gwneud argraff arno a'i fod yn meddwl fy mod ychydig yn ecsentrig a heb fod y mymryn lleiaf yn anniddorol. Rhaid i mi gadarnhau'r argraff y mae wedi ei chael ohonof. Rwy'n tynnu'r band lastig o'm gwallt ac yn siglo fy mhen fel bod fy ngwallt yn cwympo dros fy nghlustiau.

'Wrth gwrs,' meddai fe heb dynnu ei lygaid oddi arnaf. 'Ma' gin i feic.'

Ar ôl iddo fynd, rwy'n mynd i mewn i'r tŷ bach, sefyll wrth y sinc am ennyd a dod allan eto. Mae'n aros amdanaf y tu allan i'r neuadd gyda beic dyn lliw arian.

'Mae siŵr o fod 'chydig bach yn rhy uchal i chi,' meddai fe.

'Dyw hynny ddim yn broblem. Alla i sefyll lan.'

Fe saif ar gerrig y grisiau a'm gwylio'n cychwyn. Mae'n eithaf gwir na allaf gyrraedd y pedalau os wy'n eistedd.

'Beth yw dy enw di?' gwaeddaf arno wrth imi seiclo drwy'r graean i lawr y ffordd.

'René.'

'Diolch, René.'

Rwy'n seiclo ychydig i gyfeiriad y ffordd fawr, nes imi ei weld yn mynd i mewn eto. Yna, fe drof a seiclo'n ôl, gadael y beic yn erbyn arwydd ffordd wrth ymyl y neuadd a sleifio i mewn i nôl fy mag chwaraeon yn yr ystafell gotiau. Fe glywaf ddyn yn siarad yn yr ystafell fwyta. Rwy'n rhuthro'n ôl, yn ceisio clymu'r bag chwaraeon yn sownd wrth y rac bagiau gorau y gallaf ac yn seiclo i'r ffordd fawr eto. Ar ôl ychydig o gilometrau rwy'n cwrdd â lonciwr. Stopiaf a'i holi am y ffordd i'r dref lle des i oddi ar y bws drwy gamgymeriad. Mae'n pwyntio i'r cyfeiriad arall gan ddal i redeg yn y fan a'r lle. Fe drof i'r cyfeiriad arall.

Bedair gwaith ar y ffordd rwy'n gorfod stopio i wneud y bag chwaraeon yn ddiogel. Unwaith fy mod yn gweld y dref yn agosáu rwy'n cerdded y beic am weddill y ffordd gan gadw un llaw ar y bag. Mae'r ehedyddion yn canu dros y caeau.

Rwy'n mynd i mewn i garej ac yn gadael y beic reit o flaen ffenestr y siop. Mae'r dyn tu ôl i'r cownter yn edrych arnaf. Rwy'n gwenu arno. Fe ddaw allan â thocyn loteri yn ei law.

'Des i o hyd i'r beic 'ma,' meddaf fi. 'Gweinydd ifanc o'r enw René sydd biau fe.'

'René Eroplên?' gofynna.

'Dw i'n meddwl. Gweini yn y neuadd mae e.'

Mae'r dyn yn nodio.

'Wnewch chi wneud yn siŵr fod e'n gael e nôl? Dw i ddim yn dod o ffordd hyn.'

'Peidiwch â deud. Dim problem, dw i'n siŵr gallwn ni sortio rhywbeth.'

Rwy'n diolch iddo ac yn dymuno pob lwc iddo

gyda'r tocyn loteri. Yna rwy'n gadael y garej ac yn
dechrau cerdded i fyny'r stryd fawr gyda'r bag
chwaraeon yn fy llaw. Rwy'n anelu am dŵr yr eglwys.
Unwaith fy mod ar bwys yr eglwys, does fawr o ffordd
i'r arhosfa fysiau. Chwarter awr wedi dau yw hi – mae
llawer o amser gen i o hyd. Rwy'n chwysu. Peth da fy
mod wedi cael newid i ffrog.

Ei system ei hun

Yr unig beth roeddwn i wedi ei wneud oedd trefnu bod dyn yn dod i docio'r goeden afalau. Mae hi dros hanner can mlwydd oedd ac yn tyfu i bob cyfeiriad. Mae'r canghennau lleiaf yn wyrdd gan fwsogl ac yn hollol gnotiog. Bydd y goeden yn pyngo gan afalau, ond rhai bach a sur ydyn nhw, ac mae gormodedd.

Tipyn o job yw codi'r afalau cwymp o'r lawnt. Bob Awst bydd cannoedd ohonyn nhw bob bore. Maen nhw hefyd yn cwympo ar y pafin ac ar ddreif y cymdogion. Rwy'n rhedeg o gwmpas gyda bwced, yn ei lenwi sawl gwaith bob dydd ac yn taflu'r cynnwys i'r compost. Ond mae'n debyg nad yw hynny'n syniad da, am fod yr afalau yn denu llygod mawr.

Y cytundeb oedd y byddai'n dod am un ar ddeg o'r gloch.

Mae'n hanner awr wedi deg ac rwy'n gweld dyn yn eistedd y tu allan a'i gefn tuag ataf ar y lawnt o flaen y goeden. Mae ei ysgwyddau'n ysgwyd fel petai'n llefain. Rwy'n sefyll yn y lolfa ac yn methu tynnu fy llygaid oddi arno. Meddyliaf tybed ai hwn yw'r un roeddwn i wedi trefnu iddo ddod, neu ai rhywun arall sydd yno? Mae'n wir yn edrych fel petai'n llefain.

Mae wedi taflu ei siaced ar y borfa. Mae'n ymestyn amdani. Gwelaf nawr fod yna lif wrth y siaced, felly hwn yw'r dyn. Mae llafn y llif yn adlewyrchu'r heulwen.

Mae ganddo hances ym mhoced ei siaced. Mae'n sychu ei drwyn ac yn ysgwyd ei ben. Felly llefain mae e'n sicr, ond tybed pam mae'n eistedd yma yn fy ngardd i yn llefain, ac yntau wedi cyrraedd yn gynnar, a heb hyd yn oed ddod i ddweud hylô.

Dwy i ddim wedi newid fy nillad, ac fel rwy'n edrych nawr, allwn i byth â mynd ato. Dw i ddim yn gallu cau fy nhrowser, mae ar agor wrth fy ngwasg, a dw i ddim yn gwisgo bra. Rwy'n sefyll yn y ffenestr ac yn ei wylio. Mae ei wallt yn olau ac yn gwta. Mae'n poeri ar y borfa, ac yna mae'n dechrau tynnu amdano.

Mae'n tynnu ei grys-T dros ei ben ac yn sychu ei wyneb ynddo. Yna, mae'n ei daflu i ffwrdd ac mae'n glanio ar lafn y llif. Cicia ei dreinyrs i ffwrdd, rhai du a brown, ac ôl traul arnyn nhw. Yna, mae'n llwyddo i rolio ei siorts i lawr ei goesau heb godi. Er ei bod yn ganol mis Hydref, mae hi bron yn ugain gradd, yr awyr yn las, ac mae yn ei siorts, neu o leiaf roedd e, nid yw'n gwisgo unrhyw beth nawr, dim pants hyd yn oed. Wrth lwc, mae wedi stopio llefain, byddai wedi bod bron yn amhosibl i'w oddef fel arall.

Mae'n ymestyn am y llif yn y borfa. Eistedda am ychydig a'r llif yn ei ddwylo gan edrych i fyny. Yna mae'n codi ac yn dechrau tocio'r goeden.

Dyw e ddim yn defnyddio ysgol. Mae'n dringo'r goeden ac eistedd â'i goesau o boptu cangen wrth iddo lifio. Mae canghennau mawr, cou a phwdwr yn cwympo ar y borfa, ar y pafin ac ar ddreif y cymdogion. Mae'n llifio â dycnwch di-ail. Mae'n drawiadol iawn. Er hynny, rhaid imi ddweud fy mod i wedi cymryd yn erbyn y ffordd roedd e wedi f'anwybyddu. Wedi'r cyfan fy ngardd i yw hi, a'm coeden afalau i yw hi. Does dim ffordd yn y byd iddo wybod sut rwy am iddo docio'r goeden. Efallai fy mod i am rywbeth cwbl wahanol i'r system mae'n ei rhoi ar waith. Ac mae'n dilyn system yn gaeth. Mae'n teneuo'r canghennau mewn ffordd symetrig nad ydw i'n ei deall yn union. Ac mae'n mynd ati'n gyflym. Mae'r goeden yn cymryd ffurf newydd, bron fel cromen. A dyma fi yn sefyll yn y ffenestr, heb gau botymau fy nhrowser a dim bra amdanaf, mae'n hyfryd. Allaf i ddim hyd yn oed mynd allan a gofyn ble dysgodd ei dechneg.

Mae e jyst yn ormod. Mae'n eistedd yn y goeden â'i lafn bron yn amhosibl ei weld gan ei fod yn llifio mor gyflym. Ac ar ben y cwbl, mae'n noeth, ac mae wedi bod yn llefain. Allem ni ddim bod yn fwy gwahanol i'n gilydd. Mae'n llifio, ac yn llifio.

Twll y plwg

Mae fy mrawd yn ddrwg ei hwyl. Ar ei bengliniau y mae e wrthi'n glanhau twll plwg y gawod â rhoden hir o fetel. Mae wedi blocio ers rhai dyddiau a dyw'r plynjwr na'r hylif glanhau draeniau ddim wedi gweithio. Yn y lolfa mae mêt fy mrawd o'r gwaith yn yfed coffi ac yn bodio drwy gatalog IKEA. Mae hi'n brynhawn Gwener ac maen nhw newydd orffen gwaith am y dydd. Mae eu hesgidiau gwaith allan o dan y to bach uwchben drws y gegin.

Mae hi'n bwrw glaw. Bu'n sych ers dros fis, ond heddiw mae hi'n bwrw glaw. Byddai wedi bod yn well gen i gael y lle i fi fy hun i'w fwynhau am ychydig o ddyddiau. Mae Claus yn dod draw am y tro cyntaf ac yn aros yma dros y Sul. Ŵyr fy mrawd i ddim oll am hyn.

Rwy wedi treulio'r rhan fwyaf o'r bore yn tacluso ac yn glanhau. Rwy hyd yn oed wedi glanhau'r ffwrn, er mai cawl rydym yn mynd i'w gael. Rwy wedi rhoi blodau o gwmpas y tŷ ac wedi gwneud mŵs i bwdin. Rwy hefyd wedi glanhau'r ystafell ymolchi, ond mwy na thebyg byddaf yn ei glanhau eto. Fe glywaf fy mrawd yn rhegi yno. Digon diserch oedd e pan gyrhaeddon nhw. Mae'n taflu rhywbeth ar hyd y llawr teils.

''Da beth yffach wyt ti'n 'molchi?' gwaedda arnaf. 'Cachu, neu beth?'

Mae ei fêt yn pwyso'i ben yn ôl ac yn gwneud sŵn chwerthin bach.

'Ro'n i'n rhyw feddwl ei bod hi'n gwynto o gachu,' meddai fe.

Rwy'n rhoi fy mhen drwy ddrws yr ystafell ymolchi.
'Ydy pethe'n wael, Hans-Peter?' holaf.

'Gallen i daeru fod ti'n 'molchi mewn blydi cachu,' meddai fe heb edrych arnaf.

Mae wedi eillio'i farf. Roedd newydd ddechrau ei dyfu. Dim ond ar ymyl ei ên roedd e ac roedd yn eithaf cwta. Gwnâi iddo edrych yn hŷn. Nawr mae'n edrych yn debycach i'r hyn yw e: briciwr yng nghanol ei ugeiniau – dyn ifanc golygus mewn dillad gwaith gwyn. Mae'n ocheneidio, yn pwyso ymlaen ac yn symud y peth metel yn ôl ac ymlaen. Mae sbaner yn ei ymyl. Dw i ddim yn gwybod i beth mae'n ei ddefnyddio fe.

'Ers faint ma' fe wedi bloco, gwed?' gofynna.

'Cwpwl o ddyddie.'

'Rhyw hen faw yw e. Pam wyt ti ddim yn gallu prynu tŷ newydd fel y gweddill ohonon ni?'

Mae'n troi i gyfeiriad y lolfa.

'Ma' gwerth 14 cilo o blydi cachu lawr y twll 'ma,' gwaedda ar ei fêt.

'Joia, 'chan!' gwaedda'i fêt yn ôl a gwenu.

'Dw i'n meddwl bod mwy o gymeriad mewn hen dŷ,' meddaf fi.

Rwy'n mynd yn ôl i'r lolfa. Mae mêt fy mrawd wedi rhoi'r catalog IKEA i lawr. Mae'n llenwi'r soffa. Mae'n estyn ei freichiau dros dop y cefn ac yn edrych i fyny ar y nenfwd.

'Wyt ti'n ddigon bolon dy fyd yma?' hola.

'Ydw.'

'Ac yn falch o fod yn agosach at dy frawd?'

'Ydw, wrth gwrs.'

'Dylset ti ga'l rhwun i roi nenfwd styllod pren mewn. Bydde hynny'n helpu.'

Edrychaf innau i fyny. Nenfwd plastr cyffredin sydd yno.

'Na, dw i'n lico beth sydd 'da fi,' meddaf fi.

'Pawb at y peth y bo.'

Fe ddaw sŵn tincial o'r ystafell ymolchi. Yna mewn

byr o dro dyma fy mrawd yn sefyll yn y lolfa ac yn sychu ei ddwylo ar ei drowser.

'Wyt ti wedi'i drwsio fe'n barod?' holaf.

'Na dw. Oes 'da ti goffi i mi?'

'Wrth gwrs.'

'Peth da nag wy i ddim yn blymwr!'

Mae ei fêt yn gwenu.

'Ma'n nhw'n gwneud yn olréit,' meddai fe.

Rwy'n mynd i nôl mẁg i 'mrawd. Pan ddof i'n ôl, mae'r ddau ohonyn nhw ar y soffa. Mae'r teledu ymlaen, a mêt fy mrawd yn dal y teclyn teledu yn ei law. Maen nhw'n edrych ar y sgrin. Menyw mewn cae sydd yna a'i breichiau ar led. Rwy'n rhoi mẁg o flaen fy mrawd ac yn ei lenwi.

'Ddylse fe ddim cael dreifo rhagor, sdim ffwc o ots 'da fi beth wediff neb,' meddai'i fêt.

'Sdim ots 'da fi amdano fe,' meddai fy mrawd.

'Ma'r bitsh off ei phen,' meddai'i fêt ac ysgwyd ei ben.

'Pwy?' gofynnaf.

Mae mêt fy mrawd yn newid sianel y teledu.

'Pwy?' holaf eto.

'Karina,' meddai fy mrawd. Mae'n dal i edrych ar y sgrin. Mae yna ddau negesydd post ar feiciau nawr.

'Beth sy'n bod ar Karina?' gofynnaf.

'Mae'r bitsh yn cysgu 'da'i *driving instructor*,' meddai mêt fy mrawd.

'So hynna'n reit, Hans-Peter.'

O'r diwedd mae'n edrych arnaf. Fe welaf i fod ei lygaid wedi chwyddo. Mae'n sugno un o'i fochau.

'Beth ddigwyddodd?' holaf.

'Dim byd mwy na 'ny. Ma'n well 'da hi fod gyda'i *driving instructor*.'

'Ond pryd wedodd hi wrthot ti?'

'Neithiwr.'

'Fe gysgodd Hans-Peter yn y cantîn. Welson ni fe'n gorwedd ar un o'r blydi meincie, pan ddaethon ni mewn yn y bore,' meddai mêt fy mrawd.

'Ond ydy pethe mor ddifrifol â hynny? Pam ddest ti ddim yma?'

Mae'n codi ei ysgwyddau.

'Ma'n nhw'n goffod meddwl am rannu'r celfi nawr,' meddai mêt fy mrawd.

'Peth da 'mod i wedi prynu 'nhŷ 'yn hunan,' meddai fy mrawd.

'Ble mae Karina nawr?

Eisteddaf yn y gadair freichiau.

'Ma' hi wedi mynd adre i baco, sbo,' meddai fy mrawd. Mae'r straen i'w glywed yn ei lais.

'Drycha ar y mwlsyn 'na,' meddai mêt fy mrawd, 'mae un o'r beicwyr yn beicio shag yn ôl.'

'Ond, beth am y briodas?'

'Beth ti'n feddwl?'

Mae fy mrawd yn cymryd ei fŵg ac yn yfed llymaid.

'Fel dwi'n gweud – peth da na phriodsoch chi,' meddai mêt fy mrawd. 'Achos bydde hi wedi cael hanner y tŷ.'

'Ydy hi'n wir mor ddifrifol â hynny?' gofynnaf.

Mae fy mrawd yn rhoi'r mŵg i lawr. Mae'n rhwbio'i wyneb. Mae'n nodio.

'Am gawlach,' meddaf fi.

Dyw e ddim yn ateb. Mae'n ffidlan ag un o'r blodau yn y tusw ar y bwrdd coffi. Mae awydd arna i eistedd ar ei bwys a rhoi fy llaw ar ei ysgwydd ond fydde fe ddim yn hoffi hynny tra bo ei fêt yma. Rwy'n aros lle rydw i.

'Tybed allen i gysgu ar dy soffa di heno?' gofynna e gan edrych arnaf.

'Wel, ie, pam lai?' meddaf fi.

'Dw i ddim isie risgo taro ar Karina gartre.'

'Wrth gwrs ddim.'

'Dw i wedi rhoi tan bore yfory iddi. Rhaid iddi fod mas erbyn hynny.'

'I le bydd hi'n mynd?'

'Ffwc o ots 'da fi.'

'Mae'n siŵr y bydd hi'n mynd i fyw at y *driving instructor*,' meddai mêt fy mrawd. 'Mae fflat 'dag e uwchben y *theory test centre*.'

'Siŵt wyt ti'n gwbod hynny?' hola fy mrawd.

'Wnes i osod teils yn y bathrwm yno ryw dro. Mae'n yffach o fflat fawr. Dw i'n meddwl bod peder stafell yno i gyd.'

'Ffwc o ots 'da fi faint o stafello'dd sy' 'dag e.'

'Na, sdim ots am hynny,' meddaf fi.

Rwy'n codi ac yn mynd i'r gegin. Rwy'n agor yr oergell ac yn ysgwyd y fowlennaid mŵs. Mae'n edrych yn ffein. Rwy'n agor cwpl o ddrariau a'u cau eto, yn sefyll ac edrych allan drwy'r ffenestr. Mae'n edrych fel petai'n codi'n braf o'r gorllewin. Bydd y tywydd siŵr o fod yn sych ac yn braf erbyn yr hwyr. Rwy'n agor ffenestr y gegin. Mae'r ardd yn gwynto o borfa a phridd gwlyb.

Mae fy mrawd wedi cymryd un o'r blodau o'r tusw ac mae'n ei droi yn ei law. Rwy'n eistedd yn y gadair freichiau eto.

'Dw i'n teimlo siŵt gwmint o ffŵl,' meddai fe.

'Ydyn nhw gyda'i gilydd ers amser?'

'Sai'n gwbod.'

'Pryd dechreuodd hi ddysgu dreifo?' gofynna mêt fy mrawd. 'Yn y gwanwyn, ond o'dd e?'

'Nage, ddim cwmint â 'ny'n ôl. Na.'

Mae'n dal y blodyn i fyny o'i flaen.

'Ife *morning glory* yw hwn?' hola.

Rwy'n nodio.

'Ie.'

'Mae lot o reina 'da ni hefyd,' meddai fe. Mae'n ei roi

yn ôl yn y fâs ac yn syllu ar y tusw. Mae'n edrych o gwmpas y lolfa.

'O's pobol yn dod draw?' hola wedyn.

'Mewn ffordd.'

'Cyn bo hir?'

'Nage. Ddim am orie 'to.'

'Océi.'

Mae'n eistedd ar y soffa heb ddweud unrhyw beth am ychydig. Yna mae'n codi ac yn mynd i'r ystafell ymolchi. Rwy'n ei ddilyn.

'Hans-Peter, does dim rhaid iti wneud twll y plwg,' meddaf fi.

Mae e ar ei bengliniau'n barod.

'Wrth gwrs wna i fe,' meddai fe. 'Os o's rhywun yn dod draw, byddi di'n siŵr o fod isie ca'l cawod yn gynta.'

'Sdim ots am hynny.'

'Ca' dy ben, wnei di?'

'Océi.'

Rwy'n mynd yn ôl i'r lolfa, cymryd y pot coffi a mŵg mêt fy mrawd er ei fod yn hanner llawn. Rwy'n cario'r ddau i'r gegin, yn mynd yn ôl i'r lolfa, yn tacluso'r blodau ac agor ffenestr sy'n edrych allan ar y ffordd.

'Mae'n mynd i godi'n braf,' meddaf fi.

'Felly mae hi i fod dros y wicénd,' meddai mêt fy mrawd.

O'r ystafell ymolchi daw sŵn sy'n awgrymu bod fy mrawd wedi llwyddo i ddadflocio twll y plwg o'r diwedd. Rwy'n mynd ato. Mae'n eistedd gyda'r pen cawod yn ei law ac yn anelu llif cryf o ddŵr yn syth i lawr twll y plwg. Daw peth o'r dŵr i fyny eto ac mae'n edrych ychydig yn frown. Yna daw sŵn llempio uchel ac mae'r dŵr yn dechrau rhedeg yn rhydd. Mae'n diffodd y dŵr ac yn codi.

'O's peth o'r *drain cleaner* 'na 'da ti?'

'Oes.'

'Rho beth ohono fe lawr 'na ac aros am awr, ac yna swilo fe'n dda 'da rhagor o ddŵr wedyn 'ny.'

'Diolch o galon iti.'

Rwy'n camu tuag ato a rhoi cwtsh iddo. Mae'n cadw ychydig o bellter rhyngom.

'Dw i'n trïal meddwl am rwbeth arall ar y funud,' meddai fe.

'Wyt. Ond os dw i'n gallu gwneud rhywbeth i helpu, dim ond iti weud.'

'Dw i'n gwbod hynny.'

Mae'n curo fy nghefn ac yn fy ngollwng. Mae'n sefyll wrth y sinc ac yn golchi ei ddwylo.

'Ydy dy ffrind yn aros dros y wicénd?' gofynna.

'Dyna oedd y bwriad.'

'Wela i di rywbryd yr wthnos nesa 'te.'

Mae'n golchi'r sebon oddi ar ei ddwylo ac yn sblasio dŵr dros ei wyneb. Mae'n cymryd tywel ac yn ei sychu ei hun.

'Ble wnei di gysgu?' holaf.

'Sorta i rwbeth. Paid ti â becso.'

Mae'n troi ac yn gwenu arnaf.

'Cymer ofal,' meddai fe.

'Fe wna i.'

Rydym yn mynd drwy'r lolfa i'r cyntedd ac mae mêt fy mrawd yn dilyn. Mae fy mrawd yn cymryd ei siaced oddi ar y bachyn ac yn agor y drws. Mae'r ddau yn gwisgo'u hesgidiau gwaith.

Mae'r glaw wedi peidio erbyn hyn. Mae'r esgidiau gwaith yn gadael olion du o bridd ar bafin y dreif. Fan y gwaith yw hi. Mae fy mrawd yn rolio'r ffenestr i lawr ac yn codi llaw arnaf. Rwy'n dilyn y fan hyd at y ffordd.

Bu farw fy modryb

Bu farw fy modryb o salwch a ddechreuodd â phoen yn ei chefn. Gorweddai ar ddihun bob nos heb lwyddo i ddod o hyd i ffordd gyfforddus o orwedd. Pentyrrai obenyddion yn erbyn pen y gwely ac roedd ganddi lasaid o ddŵr a thabledi lladd poen yn barod ar fwrdd erchwyn y gwely. Tybiai mai llid yn ei chyhyrau neu ryw gyffio cyffredin oedd yr achos. Aeth gormod o amser heibio cyn iddi fynd at y meddyg. Fe wnaeth e rai profion a'i hanfon i'r ysbyty yn fuan iawn wedyn. Bu yn yr ysbyty am ychydig dros dair wythnos ac yna bu farw. Roedd wedi lledu drwy ei chorff dros gyfnod hir o amser. Byddai hi wrthi'n gwneud rhywbeth o hyd — gwneud jam a phicls, coginio, a phobi. Mynnai hi fod cownter y gegin yn rhy isel, ac mai dyna oedd y rheswm.

Bu farw ei gŵr, fy ewythr, mewn damwain car flynyddoedd lawer cyn hynny. Diwrnod twym o haf oedd hi ac roedd ar ei ben ei hunan yn y car. Cododd ei law oddi ar y llyw i gael gwared ar wenynen farch tra oedd yn gyrru. Roedd menyw ar feic wedi gweld sut y digwyddodd e. Fe gollodd reolaeth a gyrru ar ei ben i goeden wrth ymyl y ffordd. Aeth y car ar dân, ond roedd e eisoes wedi marw. Roedd hanner ei gorff yn sticio allan o'r ffenestr flaen. Weithiau, byddem yn gyrru heibio i'r goeden yn ystod gwyliau'r haf. Byddem ni'r plant yn y cefn a byddai fy nhad yn arafu. Derwen oedd hi.

Collodd fy rhieni blentyn, ddwy flynedd cyn i'm chwaer fawr gael ei geni. Flemming oedd ei enw ac roedd ganddo drwyn fy nhad. Fe fydden nhw'n siarad amdano'n aml. Bob Nadolig, fe fydden nhw'n rhoi

torch ar ei fedd, ac roedd lluniau ohono ar y seld. Bu
farw pan oedd yn ddau fis oed. Marwolaeth yn y crud
oedd hi. Wedi cysgu ar ei fol oedd e, mwy na thebyg.
Doeddem ni ddim yn gwybod cymaint â hynny yr adeg
honno.

Collodd un o'm cyfnitheroedd blentyn hefyd. Bu
farw ar ei enedigaeth. Doedd dim esboniad. Edrychai
hi'n feichiog am sbel wedyn – roedd ei chorff yn fawr
ac yn drwm, ac roedd ganddi laeth yn ei bronnau. Fûm
i ddim yn yr angladd, a dw i ddim yn siŵr ai bachgen
ynteu merch oedd y plentyn.

Bu farw fy athro dosbarth rhwng dwy wers. Roedd
tolchen waed ganddo ac fe gwympodd yn y coridor.
Dechreuodd rhai o'r plant bach sgrechain, rhedodd rhai
pobl ato, datododd llyfrgellydd yr ysgol ei siaced a'i
drowser. Gyrrodd yr ambiwlans i ffwrdd heb frys.
Roedd yn athro dosbarth da, llawn brwdfrydedd. Bu'n
weithgar iawn yn y gymdeithas leol.

Bu farw fy hen dad-cu mewn cartref gofal. Dw i
ddim yn ei gofio'n dda o gwbl, a fyddai fe ddim yn
f'adnabod i pan aem i'w weld ar brynhawn Sul. Fe
eisteddai wrth fwrdd staenllyd yn arllwys siwgr wrth
ochr ei gwpan. Pan ganai ffôn yn y swyddfa, fe godai a
rhoi dyrnod i'r awyr. Roedd dros ei ddeg a phedwar
ugain pan fu farw, ac rwy'n meddwl mai'r ffliw fu ei
ddiwedd.

Wedi tagu i farwolaeth ar ddarn o gig roedd un o'r
lleill yn y cartref gofal. Fe aeth yn destun trafod yn y
gymuned. Esgeulus oedd y staff gofal wedi bod, ym
marn llawer. Ond pan fyddem yn ymweld â'm hen dad-
cu, fe fydden nhw'n annwyl ac yn gymwynasgar.
Roedden nhw'n brysur, ond byddai ganddyn nhw bob
amser air caredig inni.

Ar y dechrau, dywedwyd wrth ffrind fy mam ei bod
hi'n iawn, ond un diwrnod roedd hi'n eistedd yn ein

cegin a dechreuodd feichio crio. Roedd dau lwmp newydd wedi tyfu yn ei bron. Criodd fy mam hefyd, a phan es i i'r gegin i nôl sgwosh, rhoddodd ei ffrind law ar fy ysgwydd, fel petai hi byth yn mynd i'm gweld eto. Aeth blynyddoedd lawer heibio cyn iddi farw. Am gyfnod hir wedi hynny, byddai fy mam yn mynd i glinig preifat yn rheolaidd i gael ei harchwilio. Gofynnodd i'm chwiorydd a finnau gadw llygad ar unrhyw dyfiant neu fannau geni anarferol ar ein cyrff.

Doeddwn i erioed wedi adnabod fy mam-gu. Bu farw pan oedd fy nhad yn blentyn. Rwy'n meddwl bod rhywbeth ar ei harennau. Fe gofiaf i 'nhad grybwyll ryw dro faint o ddŵr oedd ganddi yn ei chorff. Wrth drafod ffilm y crybwyllodd e hynny a heb fod fymryn yn bruddglwyfus. Roedd e mor fach pan fu hi farw. Pedair mlwydd oed, a'r ifancaf o saith.

Cafodd fy modryb ar ochr fy mam ei brathu gan bryfetyn gwenwynig yn Fiet-nam. Parlyswyd ei holl gorff a bu farw gwpl o fisoedd yn ddiweddarach. Afraid dweud, hi oedd anturiaethwr y teulu. Lwyddodd hi erioed i gael plant.

Bu farw un o'm ffrindiau ysgol, ychydig o flynyddoedd ar ôl inni adael yr ysgol. Fe yrrodd ei gar i'r môr yn ystod gŵyl y dref. Roedd ei gariad wedi dod â'r berthynas i ben ac roedd yn anhapus iawn. Ond wrth gwrs, roedd rhywbeth mwy na hynny'n bod, achos fyddai fe ddim wedi gwneud sut beth fel arall. Bjarne oedd ei enw. Trueni ofnadwy am y cariad a chwalodd y berthynas.

Roedd gan un arall o'm ffrindiau ysgol chwaer fach a fwriwyd i lawr gan lorri. Chwarae ar y ffordd roedd hi pan gafodd ei tharo. Fe wnaeth ein dosbarth gyfrannu at dorch flodau. Wyddem ni ddim beth i'w ddweud pan soniodd fy ffrind am yr angladd. Roedd hi'n eistedd wrth fwrdd â'i choesau ar gadair a'i dwylo yn ei chôl.

Roedd ganddi lygad tro.

Bu farw fy nghymydog dros y ffordd yn hollol naturiol. Aeth i'r gwely gyda'r nos a mynd i gysgu. Doedd e ddim mor hen â hynny. Roedd hi'n un o'r marwolaethau hynny y gallai rhywun freuddwydio amdani, petai am wneud hynny.

Does dim caeau mwstard yn Nenmarc rhagor

Y diwrnod cyn y diwrnod roedden nhw i fod i ymadael cyhoeddodd ei fod wedi gwahodd ei fam i ddod i aros atyn nhw yn y tŷ haf am yr wythnos o'r dydd Llun ymlaen.

'Mae hi angen heddwch a llonydd,' meddai, 'a dw i ddim yn meddwl y bydd hynny'n mennu fawr ddim arnon ni.'

Wrthi'n bwyta swper roedden nhw, ac fe stopiodd hi ar ganol cymryd cegaid o fwyd. Dododd y fforc i lawr ar y bwrdd a chyffwrdd â'i gwddf. Tywalltodd e saws tomato dros y pasta.

'Wyt ti isie rhagor?' gofynnodd. 'Benna i'r gweddill 'te.'

Mae'n un o'r Sadyrnau hynny y mae rhywun yn breuddwydio amdanyn nhw. Awyr las, cymylau'n nofio'n araf heibio. Y tymheredd yn uchel ers y bore bach. Mae'r car yn gwibio ar hyd y lonydd troellog. Gwartheg yn pori a choedwigoedd yn brigo i'r golwg drwy'r amser.

Prin yw eu sgwrs yn y car. Dim ond yn ddiweddar y mae hi wedi cael ei thrwydded yrru, ac mae hi'n canolbwyntio. Mae'r car wedi ei bacio'n llawn dop. Y dŵfes yn y bŵt, y bagiau ar y sedd gefn. Maen nhw wedi cael benthyg y tŷ haf gan rieni cydweithiwr. Mae lle tân i fod yno, a defaid yn yr ardd gefn. Bu llawer o siarad amdanyn nhw. Mae hi'n edrych yn y drych ôl sawl gwaith y funud, er nad oes fawr neb arall ar y ffordd.

Doedd e ddim wedi gallu cymryd tabled at salwch teithio am fod y gwydryn wedi magu traed. Dim ond iddi yrru'n ofalus, byddai popeth yn iawn. Mae'n stompio rhythm â'i draed. Mae'n rholio'r ffenestr i lawr ac yn rhoi ei law allan. Tynnu ei law i mewn a'i synhwyro, gwthio ei drwyn allan ychydig. Pwyso'n ôl eto.

'Mae'n gwynto o rywbeth sbeislyd yma,' meddai fe. 'Fel cyrri neu rywbeth arall o dramor.'

'Rêp,' meddai hi.

'Wyt ti'n meddwl 'ny?'

Mae e'n rholio'r ffenestr i lawr yn is byth ac yn llenwi ei ffroenau.

'Wyt ti'n wir yn meddwl hynny?'

Mae'n dal ei ddwy law o flaen ei wyneb ac yn anadlu i mewn. Mae'n anadlu allan.

'Sa i'n credu fod ti'n iawn,' meddai fe. 'Meddylia am *rape seed oil*. So fe'n gwynto o ddim byd.'

'Rêp yw e,' meddai hi gan wasgu'n galed ar y brêc ychydig cyn cyrraedd arwydd tref. Rhes o dai bychain ffrâm bren traddodiadol a baneri coch a gwyn Denmarc yn cwhwfan yn y gerddi ffrynt. Mae yna bwll dŵr a rhywbeth sy'n edrych fel hen ffynnon. Fe dry yn ôl i edrych arnyn nhw, ond yna mae hi'n gyrru ychydig bach yn rhy gyflym dros dwmpath arafu. Mae e'n bwrw ei ên ar rywbeth ar y sedd. Fe dry eto a sylwi ar aderyn diddorol ar grib to.

'Rwyt ti'n mynd yn rhy glou,' meddai fe.

'Rhaid imi gadw lan gyda'r ceir eraill.'

A dyma nhw wedi ymadael â'r dref. Wrth iddyn nhw fynd i fyny'r rhiw, mae'r car yn cael gwaith tynnu. Wrth lwc, mae'r haul ar eu cefnau, prin eu bod yn gwneud mwy na 10 cilometr yr awr. O ben y bryn, mae golygfa dros y caeau gwyrdd a melyn. Mae'r ffordd i lawr y gwared yn serth, ac mae'r cloc cyflymder bron â chyrraedd 100. All e ddim gweld ei llygaid hi tu ôl i'w sbectol haul

'Rwyt ti siŵr o fod yn mynd dros y *speed limit* nawr,' meddai fe.

Mae hi'n brecio ac yn mynd i gêr rhy isel. Daw sŵn rhuglo o'r injan. Mae'n pletio ei wefusau, estyn ei fysedd a syllu ar ei ewinedd, yna mae'n troi cledrau ei ddwylo i fyny. Mae'n edrych allan eto.

'O gae mwstard dw i'n meddwl bod y gwynt 'na'n dod,' meddai fe.

'Nage,' meddai hi.

'Ie. So rêp yn gwynto o unrhyw beth.'

'Sdim caeau mwstard yn Nenmarc rhagor,' meddai hi. 'Ŷn ni'n mewnforio'n mwstard i gyd o Ganada.'

'So 'ny'n gallu bod yn wir,' meddai fe. 'Fuodd Denmarc yn dipyn o wlad mwstard erio'd.'

'Rêp yw e,' meddai hi gan addasu'r drych ôl.

Maen nhw'n gyrru heibio cae lle mae ceffylau, eu cynffonau'n ysgwyd. Trwch o felyn yw'r cae tu ôl i'r cae ceffylau. Mae e'n gwneud sŵn anadlu ac yn pwyso ymlaen yn ei sedd, a'i ben yn hongian. Fe wna lawer o synau uchel, dan riddfan. Daw o hyd i hances bapur yn y blwch menig a sychu ei dalcen. Dyw hi'n dweud dim.

Mae ei dwylo hi'n chwysu, weithiau maen nhw'n llithro ar y llyw. Mae'n meddwl am ei dŵfe yn y bŵt, yn oer ac yn llyfn. Dychmyga sŵn ei hanadl araf ei hun, ac yna ysgwyd ei phen. Mae'n gyrru ag un llaw ar y llyw ac yn troi'r awyru i fyny â'r llall. Mae e'n pwyso tuag ati, fe wêl hi hynny trwy gornel ei llygad.

'Wyt ti'n teimlo'n dost?' hola hi.

Mae'n codi ei ysgwyddau.

'Na dw.'

'Sdim unman lle galla i stopo,' meddai hi.

'Nag o's,' meddai fe gan ysgwyd ei ben.

Nawr mae'r ffordd yn mynd drwy ganol coedwig fawr. Mae'r coed yn rhuthro heibio. Maen nhw'n pasio man picnic lle mae teulu mawr yn dodi fflasgiau thermos ar fwrdd. Mae e'n edrych arnyn nhw wrth basio. Yn symud ei bengliniau. Yn tynnu'r gwregys diogelwch allan o'i flaen, yn gwthio'r sedd yn ôl ychydig.

'Wyt ti'n teimlo'n waeth?' gofynna hi.

'Na dw.'

Mae e'n carthu ei wddf.

'Y gwynt 'na yw e, 'na i gyd,' meddai fe.

Mae e'n troi'r radio ymlaen, ond yn methu dod i hyd i orsaf. Mae'n dodi casét yn y chwaraewr casetiau, ond yn ei droi i ffwrdd wedyn. Edrycha i lawr ar ei ddwylo. Yn sydyn mae hi'n gweiddi, mae'r car yn taro rhywbeth. Mae yntau'n gweiddi. Mae hi'n igam-ogamu ar draws y ffordd, yn cael gwaith llywio'r car.

'Beth oedd hynna?' gwaedda.

'Llo oedd e, dw i'n meddwl,' llefa.

'Ble?'

'Ar y ffordd. Welaist ti ddim mo'no fe? Un gwyn oedd e.'

Mae hi'n sythu'r car ac yn gyrru ar hyd ymyl y ffordd am ychydig eto yn gadael i'r injan droi'n segur. Yno maen nhw'n eistedd yn ceisio dod atyn nhw'u hunain. Mae e'n edrych tuag yn ôl, ond yn methu gweld unrhyw anifail.

'Draw fanna oedd e, ar bwys y garreg fawr,' meddai hi â'i gwynt yn ei dwrn.

'Peth da nag o'dd dim byd yn dod i gwrdd â ni,' meddai fe.

'Mae'n rhy ddanjerus inni sefyll yma. Af i ymlaen dipyn nawr.'

'Océi.'

Mae hi'n arwyddo ac yn cychwyn, ac yn codi cyflymder mewn byr o dro. Mae hi'n dodi ei llaw ar ei goes, mae e'n symud ei llaw yn ôl i'r llyw.

'Fydd rhywun yn dod o hyd i'r llo gwyn?' Mae e dan deimlad.

Mae hi'n codi ei hysgwyddau.

'Efallai taw ci oedd e. Digwyddodd y cyfan mor glou.'

Mae e'n nodio.

'O's cwdyn papur 'da ni?'

'Nac oes. Mae 'na le picnic draw fanna, fe dynna i mewn nawr.'

Mae hi'n edrych o'i chwmpas ac yn arwyddo ar unwaith, yn troi ychydig yn rhy siarp i mewn i'r gilfan, yn brecio'n galed, ac yn codi'r brêc llaw. Fe ddaw e allan o'r car ar hast a mynd i'r coed.

Mae cysgod braf dros y man picnic. Mae hi'n sefyll ar bwys y car ac yn tynnu'r crychau o'i ffrog. Mae'r gwregys diogelwch wedi gadael ei ôl dros ei brest a'i bol. Mae'n cael hyd i afal yn un o'r bagiau ar y sedd gefn ac yn cerdded tuag at y bwrdd. Mae cerrig mân yn mynd i'w sandalau. Eistedda, tynnu ei sandalau a sychu ei thraed.

Daw sŵn sïo pryfed o'r bin ysbwriel. All hi mo'i weld e yng nghanol y coed. Gwaedda ei enw, ond dyw e ddim yn ateb. Mae hi'n tynnu ei sbectol haul, yn sychu ei hwyneb, ac yn codi ei gwallt i fyny â'i bysedd, yn ysgwyd ei phen er mwyn rhyddhau ei gwallt. Aiff ati i fwyta'r afal, sydd yn felys ac ychydig yn sych. Bob hyn a hyn mae hi'n galw ei enw.

Mae'r adar yn canu. Mae hi'n gallu clywed cerbyd mawr yn dod yn nes, lorri, yn arafu ac yn troi i mewn i'r gilfan. Tafla galon yr afal i'r llwyni. Mae'r lorri'n parcio y tu ôl iddi. Mae hi'n troi ac yn gweld y gyrrwr yn ei gaban. Mae e'n yfed o botel cola. Mae'n codi llaw arni, a hithau'n codi llaw arno fe. Mae hi'n gwisgo ei sandalau'n gyflym o dan y bwrdd ac yn ymestyn am ei sbectol haul.

Mae drws y lorri yn cau'n glep. Clyw yrrwr y lorri yn cerdded dros y cerrig mân. Eistedda gyferbyn â hi. Mae ei freichiau'n noeth ac mae ei wallt wedi ei slicio'n ôl. Doda'r botel cola o'i flaen a phwyntio ati.

'Dach chi isio joch?'

'Na, dim diolch.'

Mae hi'n gostwng ei phen heb wenu. Yn edrych ar wyneb y bwrdd ac yna draw at y coed.

'Mi oedd hi i fod i lawio,' meddai fe, 'ond snam golwg glawio arni hi rŵan.'

'Na,' meddai hi.

'Dach chi'n mynd yn bell?'

Amneidia ar y car sydd wedi ei bacio'n llawn dop. Mae hi'n dal i edrych tua'r coed. Mae hi'n ysgwyd ei phen.

'Na.'

'Felly.'

Mae'n ymestyn am y cola, yn dadsgriwio'r cap, ac yn yfed cegeidiau mawr ohono yn swnllyd. Mae'n gwagio'r botel, ei throi ar ei phen, a'i hysgwyd.

'Jest i wneud yn siŵr does yr un diferyn ar ôl,' meddai fe.

Mae hi'n gwneud rhyw sŵn bach cwrtais. Yn edrych ddwywaith ar ei watsh. Nawr mae hi'n gallu ei glywed yn y coed. Mae e'n chwibanu'n uchel, yn bendant heb daflu i fyny. Mae'r gyrrwr lorri yn edrych i gyfeiriad y sŵn.

'Dim ond mynd i lan y môr ŷn ni,' meddai hi.

Fe ddaw allan o'r coed nawr. Mae ei grys yn hongian allan dros ei drowser. Mae ganddo dusw o flodau melyn yn ei law, mae e'n gwenu ac yn codi'r llaw arall yn yr awyr. Mae'n edrych ar y gyrrwr lorri.

'Mynd i aros mewn tŷ haf ŷn ni,' meddai hi, 'am wythnos. Y gŵr sy' angen heddwch a llonydd.'

Mae hi'n pwyso ymlaen dros y bwrdd.

Yna mae hi'n dweud: 'Mae rhywbeth difrifol yn bod arno. Mae e wedi colli arno'i hun.'

Ac mae hi'n difaru ar unwaith.

Cyffeithio

Prynais bwmpen gan y dyn lleol sy'n arfer eu gwerthu ar y sgwâr. Fy mwriad oedd ei chyffeithio ryw ffordd neu'i gilydd. Ers amser bellach, dw i wedi bod yn cael f'atgoffa am rywbeth y byddwn yn ei gael i'w fwyta weithiau pan oeddwn yn blentyn. Roedd lliw aur arno, roedd yn felys ac yn blasu o fanila. Câi ei gadw mewn potyn pridd yn yr ystafell fwyta a byddai'n cael ei weini mewn powlenni gwydr. Byddai Mam yn cario powlen ohono at y bwrdd gan ei dal â braich yn ymestyn yn syth o'i blaen.

Felly cludais y bwmpen oedd y pwyso bron 12 cilo adref o'r dref yn y bŵt. Fe ddodais i hi ar ganol cownter y gegin a chael hyd i'm cyllell fwyaf. Roeddwn i'n llawn cyffro i weld pa ansawdd fyddai i gig y ffrwyth a sut olwg fyddai ar yr hadau. Ond rhoddodd fy synnwyr cyffredin stop arnaf. Doeddwn i ddim wedi prynu siwgr na fanila. Doeddwn i ddim yn barod i gyffeithio o gwbl. Petawn i wedi torri'r bwmpen, byddai wedi dechrau mynd yn sych, does dim amheuaeth am hynny.

Felly arhosodd ar gownter y gegin.

Bob tro yr awn heibio iddi, byddwn i'n ei chnocio â migwrn fy mys. Deuai sŵn gwag ohoni – arwydd sicr ei bod yn ddigon aeddfed. Cefais gadarnhad o hynny ychydig wythnosau'n ddiweddarach, pan ddechreuodd rhyw stwff gludiog tebyg i resin ollwng ohoni. Ffoniais y dyn ar y sgwâr i holi a oedd y stwff gludiog yn arwydd o aeddfedrwydd. Roedd e'n credu ei fod.

Afraid dweud nad oedd gen i lawer o le ar ôl ar y cownter. Roeddwn i wedi dechrau golchi'r llestri o ochr arall y sinc. Yn y lolfa y byddwn i'n gwneud fy mrechdanau i ginio. A fyddwn i braidd byth yn defnyddio'r ffwrn – roedd yn rhy anodd mynd ati.

Y cwestiwn oedd: ble byddwn i'n dod o hyd i botyn pridd i gyffeithio'r bwmpen? Doeddwn i ddim yn siŵr chwaith sut y dylwn orchuddio'r potyn. Ai darn o ddefnydd ynteu papur menyn y dylwn ei ddefnyddio? A fyddai modd ei gau yn dynn o gwbl? A ddylwn ychwanegu cadwolyn? Ai fanila Bourbon ynteu fanila Polynesia y dylwn ei ddefnyddio? A faint o amser y dylwn ei neilltuo ar gyfer y broses gyffeithio ei hun?

Bob bore byddwn yn mynd am dro hir i gnoi cil ar y sefyllfa. Rhaid bod golwg ffyrnig arnaf wrth imi gamu ymlaen. Yn aml, byddai cydnabod yn fy nghyfarch i ofyn sut oeddwn i. 'Cystal â'r disgwyl, o dan yr amgylchiadau,' byddwn yn ateb. Dw i ddim yn llwyddo i gyflawni rhyw lawer. Ond unwaith fy mod wedi rhoi fy mryd ar wneud rhywbeth, fe gaiff ei wneud, ac felly hefyd gyda'r bwmpen. Dim ond mater o amser ydyw.

Y newydd-ddyfodiaid

Trodd yr hers rownd y gornel wrth iddi blygu i estyn nicyrs o'r bowlen golchi dillad. Roedd y lein ddillad yn uchel. Bu'n rhaid iddi sefyll ar flaenau'i thraed er mwyn ei chyrraedd. Fe begiodd y nicyrs ar y lein â dau beg ar union yr un adeg ag y dechreuodd yr orymdaith basio'r ardd.

Glas tywyll oedd y nicyrs.

Plygodd i estyn pâr arall a'u dal tu ôl i'w chefn. Gwnaeth yr hers ei ffordd yn araf i lawr yr heol. Dilynodd y galarwyr yn hamddenol mewn grwpiau bychain. Edrychodd llawer o'r wynebau arni a nodio, a nodiodd hithau'n ôl.

Roedd o leiaf ddeugain ohonyn nhw. Fe gymeron nhw sbel i fynd heibio. Arhosodd hyd nes i'r grŵp olaf basio. Yna rhoddodd y nicyrs ar y lein a phlygu i estyn bra a hongian hwnnw.

Fe safai yn y lolfa â llyfr yn ei dwylo heb allu penderfynu a oedd yn mynd i'w ddarllen ai peidio. Rhoddodd y llyfr i lawr ac yna ei godi eto. Trodd ychydig o'r tudalennau.

Roedd Jesper yn dal i gysgu'n sownd. Doedd e ddim wedi cyrraedd yn ôl o dde Jutland tan ryw bump o'r gloch y bore. Anadlai'n drwm yn yr ystafell wely. Roedd y ddau i ffwrdd o'r gwaith tan ddydd Gwener.

Aeth i weld beth oedd yn y blwch llythyrau. Dim byd ond hysbysebion a chopi o bapur lleol ddoe. Roedd y golau'n gryf a bu'n rhaid iddi grychu ei llygaid. Roedd yr haul union uwchben y ffordd a'r tarmac yn wlyb. Wrth y cae chwarae roedd injan lorri yn troi'n segur. Dechreuodd y lorri facio'n ôl a throi. Daeth i fyny'r

ffordd a stopio o'i blaen gan ollwng gwynt disl. Ar ochr
y lorri roedd y geiriau: *Cig Rhew Denmarc*. Neidiodd y
gyrrwr allan â llond llaw o bapurach.

'Shwmae! Chi'n nabod Lone Larsen – rhif 20?'
gofynnodd.

'Nac ydw. 'Mond ers wsnos dan ni'n byw 'ma.'

'Smo hi gatre, a ma' bocsed o gig 'da fi iddi hi. Ŷn
ni'n delifro un bob mis. Ma' ddi wedi talu amdano.'

'San ni'n medru edrach ar 'i ôl o, dim problam.'

'Grêt.'

Aeth e i gefn y lorri i nôl y bocsaid cig. Bocs
cardbord gweddol fawr oedd e. Cariodd e drwy'r ardd
ac i'r sied yn ôl ei chyfarwyddyd. Gofynnodd hi iddo'i
roi yn y cysgod o flaen y drws. Llofnododd hi ar ran
Lone Larsen. Ugain munud yn ddiweddarach roedd y
bocs yn llygad yr haul. Gwthiodd e i'r cysgod. Roedd
yn drwm ac anhylaw.

Bob hyn a hyn, wrth iddi gerdded o gwmpas yr ardd
a chyfrif y cennin Pedr a'r tiwlips, byddai'n mynd i'r
ffordd ac yn edrych i lawr tuag at rif 20. Yn sydyn,
edrychai fel petai rhywbeth yn symud yn yr ardd ffrynt.
Aeth draw a chanu'r gloch ond ddaeth neb i'r drws.
Gallai weld y clwtyn llestri wedi ei wasgu'n sych yn
hongian dros y tap dŵr yn y gegin. Roedd y sinc yn
disgleirio. O flaen drws y garej roedd basgedaid fawr o
datws.

Roedd ofn arni y byddai'r cig yn dechrau dadrewi.
Penderfynodd wagio'r bocs cardbord a rhoi'r cynnwys
yn y rhewgell gist yn y sied.

Roedd y cyfan wedi ei bacio'n dda ac wedi ei farcio.
Roedd briwgig, canol lwyn, selsig mawr, bola mochyn,
selsig bach, byrgers cig eidion, joint o borc wedi ei rolio
a'i stwffio, darnau cig i'w stiwio, brestiau cyw iâr, a
phedwar cyw iâr mawr. Edrychai'n fwy na digon ar
gyfer mis.

Gadawodd y bocs cardbord ar y llawr wrth ymyl y rhewgell ac aeth i'r tŷ i gael bath.

Gorweddai yn y bath. Roedd yr awyr yn las tywyll y tu ôl i'r ffenestr niwlog.

Gyrrodd i'r archfarchnad i brynu rhywbeth i swper. Cerddodd yn ôl ac ymlaen rhwng y silffoedd bwydydd wedi'u hoeri heb allu dod i benderfyniad. Yn y diwedd dewisodd baced o gacennau pysgod. Aeth i'r siop fara hefyd a phrynu dwy fynsen hufen i'w cael gyda phaned.

Pan ddaeth adref roedd mwg yn y gegin. Eisteddai Jesper wrth fwrdd y gegin â phlât o'i flaen: ffa pob, bacwn, wy wedi'i ffrio a selsig. Hanner cododd i'w chyfarch pan ddaeth hi i mewn.

'Heia Nina!'

Roedd sos coch yng nghornel ei geg. Rhoddodd hi'r bag plastig i lawr o flaen yr oergell.

'Be' wyt ti'n fyta?' gofynnodd.

'Brecwast hwyr. Ti isio peth?'

Gwenodd a phwyntio at y badell ffrio ar y stof. Roedd ychydig o dafelli o gig moch a thair selsigen ar ôl.

'Lle gest ti'r sosejys?' gofynnodd.

'To'n i ddim i fod i cymyd nhw? O'ddan nhw ar y top yn y *freezer.*'

Estynnodd gadair ac eistedd.

'Sori bod 'na gymint o fwg 'ma,' meddai fe.

'Sosejys Lone Larsen ydan nhw,' meddai hi.

Edrychodd ar ei blât.

'Pwy 'di Lone Larsen?'

Fe ffrïon nhw ddau wy arall a rhannu'r tair selsigen olaf. Cystal iddyn nhw wneud nawr.

'Bydd rhaid inni brynu chwanag yn 'u lle,' meddai hi ar ôl iddyn nhw orffen bwyta.

Dechreuodd hi fodio drwy hysbyseb am feithrinfa blanhigion. Eisteddai Jesper â phapur lleol ddoe o'i flaen.

'Wrth gwrs,' meddai fe. 'Bydd rhaid inni esbonio'r hanas. Bydd pob dim yn iawn. Ti 'di gneud cymwynas â hi, beth bynnag.'

'Ti'n iawn.'

Tynnodd hi ei bys blaen drwy weddill y sos coch ar y plât.

'Tydi hi'n grêt bod ni i ffwr o'r gwaith?' meddai hi gan roi ei bys yn ei cheg.

'Ma' 'na hysbysiad marwolath i Lone Larsen,' meddai Jesper. 'Ma' teyrnged iddi 'fyd.'

'Ddim yr un Lone Larsen, does bosib,' meddai hi.

Pwysodd ymlaen dros y bwrdd. Daliodd Jesper y papur ar ongl fel y gallai hi weld.

'Ia. Sbia ar y cyfeiriad. O'dd hi'n arweinydd efo'r sgowts. Ma hi'n gadal gŵr a tri o blant. Ddydd Gwenar ma'r cnebrwng.'

'O'dd 'na gnebrwng yma y bora 'ma,' meddai hi. 'Yn 'rar o'n i pan ddoth yr hers heibio.'

'Felly mae hi pan ti'n byw wrth ymyl eglwys.'

Plygodd Jesper y papur newydd. Edrychodd y ddau ohonyn nhw ar y platiau gweigion.

'Gobeithio na tydi hyn ddim yn arwydd drwg,' meddai hi.

'Paid â mwydro.'

Rhoddodd ei law ar ei llaw hithau.

'Nest ti brynu *cream buns*?'

Nodiodd hi a chodi.

Tua diwedd y prynhawn dechreuodd y ddau deimlo'n sâl. Gorweddodd Jesper ar y soffa a throi'r teledu ymlaen. Roedd golwg welw arno. Gwnaeth hi jwgaid o ddŵr gyda lemon a rhew a'i rhoi ar y bwrdd coffi.

'Ti'n meddwl mai'r sosejys oedd o?' gofynnodd iddi.

'Nac ydw. Dwi'm yn meddwl.'

'Dw i'n teimlo fatha mod i'n mynd i daflu i fyny unrhyw funud 'wan.'

'Ella na'r *cream buns* oedd o.'

'Lle nest ti prynu nhw?'

'Yn y siop fara ar y sgwâr.'

'O'ddan nhw'n cadw nhw'n oer?'

'Nac o'ddan. Dwi'm yn meddwl.'

'Ych.'

Trodd drosodd ar y soffa a thynnu blanced drosto. Aeth hi i nôl bwced a'i roi i lawr wrth ei ymyl.

'Druan bach! Chest ti fawr o gwsg neithiwr chwaith,' meddai hi.

'Na.'

'Dw i'n meddwl 'mod i'n mynd i fynd am dro i gael awyr iach.'

'Iawn.'

Cerddodd yn araf i'r ardd â'i siaced yn dynn amdani. Roedd yr haul yn machlud. Cerddodd yn ofalus i lawr y ffordd a heibio'r cae chwarae. Mor braf oedd teimlo'r awyr iach ar ei hwyneb, ond roedd yn dal i deimlo fel chwydu. Saethodd gwayw drwy ei stumog a bu'n rhaid iddi sefyll yn stond am ychydig. Yna fe drodd ac anelu am adref.

Fe glywai leisiau o rif 20. Roedd dau fachgen mawr yn chwarae â chleddyfau ar y dreif. Pan welon nhw hi, fe roddon nhw'r gorau iddi. Aeth atyn nhw.

'Smai!' meddai hi gan wenu. 'Ydi'ch tad chi adra?'

Nodiodd y lleiaf o'r ddau.

'Yn y gegin ma' fe.'

'Dach chi'n meddwl basa gynno fo funud bach i sbario?'

Atebon nhw ddim. Dyma ddechrau cleddyfa eto. Gwnaeth eu symudiadau iddi deimlo'n benysgafn.

Roedd cil y drws ffrynt ar agor. Curodd a rhoi ei phen i mewn. Yn y gegin, wrth y sinc, safai gwraig nobl wrthi'n plisgo wyau. Eisteddai dwy wraig arall wrth y bwrdd o boptu dyn. Edrychodd i fyny arni, pan wnaeth hi ei gyfarch.

'Ie?' meddai fe.

'Ma'n ddrwg gin i darfu. Nina ydi'n enw fi. Wedi symud i mewn i rif 11. Jesper ydi enw'r gŵr.'

'Dewch miwn.'

Camodd yn nes i mewn i'r gegin. Roedd aroglau'r wyau yn gryf. Bu'n rhaid iddi lyncu ei phoer.

'Y peth ydi, daeth lorri *Bwyd Rhew Denmarc* yma y bore 'ma. Doeddach chi ddim adra, felly mi gymish i'r bocs i mewn. Mae'r cwbl yn ein *freezer* ni.'

'O'n i ddim yn meddwl bo' chi'n dal i gymeryd y bocsys, Aksel,' meddai'r wraig wrth y sinc.

'O'dd hynny'n garedig iawn ohonoch chi,' meddai fe gan godi.

Aeth tuag ati ac ysgwyd ei llaw. Roedd cledr ei law yn llaith.

'Ma' 'ngwraig i newydd 'n gadel ni,' meddai fe. 'Hi oedd yn gofalu am y bocsys cig.'

'Ma'n ddrwg gin i am eich collad,' meddai hi.

'Do'n i ddim yn gwbod y bydde'r bocs yn dod heddi. Ma'n flin 'da fi.'

'Dim problam o gwbwl.'

'Allen i ddod nôl 'da chi nowr i moyn y bocs.'

'Na, sdim rhaid, toes 'na ddim brys.'

'Sori am y ffws a'r ffwdan.'

'Aksel, ishte di lowr,' meddai'r wraig wrth y sinc. 'Fe drefnwn i rywun moyn y bocs.'

Trodd at Nina.

'Diolch am cich help,' meddai hi, ac fe gododd y ddwy wraig wrth y bwrdd a'i helpu i eistedd. Roedd yn dal i wenu arni. Nodiodd hi a chamu tuag yn ôl.

'Croeso tad. Da bo chi rŵan,' meddai hi.

Roedd y bechgyn yn dal i gleddyfa yn yr ardd ffrynt.

Osgôdd edrych arnyn nhw a brysio i'r stryd ac yn ôl adref. Aeth yn syth i'r ystafell ymolchi heb dynnu ei siaced a chwydu nes iddi deimlo nad oedd dim byd ar ôl yn ei stumog.

Gorweddodd ar lawr yr ystafell ymolchi. Roedd Jesper yn griddfan o'r soffa.

Fe dreulion nhw noson gyfan yn rhedeg yn ôl ac ymlaen i'r ystafell ymolchi neu'n eistedd yn y lolfa a'u pennau'n hongian uwchben bwced. Llonyddodd eu boliau tua'r wawr. Cysgodd y ddau ar bob ei ben o'r soffa, yn hanner noeth ac yn chwyslyd o dan yr un blanced. Dim ond pan glywson nhw rywun yn curo'r drws tua chanol y bore y dihunon nhw.

Cododd hi'n araf, estyn siwmper oddi ar lawr a'i gwisgo. Caeodd ei throwser a thwtio ei gwallt ychydig. Tu allan i'r drws safai gŵr Lone Larsen a'r wraig nobl.

'Galw i moyn y cig ŷn ni,' meddai'r wraig.

Nodiodd Nina. Roedd ei phen yn teimlo'n drwm.

'Wrth gwrs,' meddai hi. 'Mae'r *freezer* yn y sied. Dau funud.'

Aeth yn ôl i'r lolfa a dod o hyd i'w hesgidiau o dan y gadair freichiau. Gwisgodd nhw heb glymu eu careiau. Cododd Jesper yn araf a'i dilyn hi at y drws. Glynai ei wallt yn ei dalcen ac roedd ei grys ar agor.

'Dyma 'ngŵr i, Jesper,' meddai hi. Estynnodd gŵr Lone Larsen ei law.

Aeth y pedwar ohonyn nhw i'r sied. Agorodd Nina y rhewgell gist, cymryd y cig allan fesul darn a'u hestyn i'r wraig. Derbyniodd y wraig nhw a'u rhoi yn y bocs cardbord. Roedd y bocs yn llawn o fewn dim. Plygodd y wraig i'w codi, ond rhwystrodd gŵr Lone Larsen hi. Plygodd drosodd ac estyn bola mochyn. Rhoddodd e i Nina.

'Rhwbeth bach i ddiolch ichi am eich help,' meddai fe.

'Dach chi'n siŵr?' meddai hi.

'Wrth gwrs! Wy moyn ichi ga'l e!'

'Diolch o galon ichi.'

Roedd diferion chwys uwchlaw ei gwefus uchaf. Nodiodd arni.

'Wy'n gobeitho y byddwch chi'n hapus iawn yn byw 'ma.'

'Dw i'n siŵr y byddwn ni.'

Yna plygodd y wraig eto, codi'r bocs ac ymadael â'r sied a'r ardd a gŵr Lone Larsen yn ei dilyn.

Safai Nina gyda bola mochyn rhewedig yn ei dwylo gan eu gwylio'n mynd. Rhoddodd Jesper ei fraich amdani.

'O'dd bra a nicars chdi ar y lein drwy'r nos,' meddai ef gan nodio at y lein ddillad. Roedd golwg chwyddedig ar ei wyneb.

'Chawson ni ddim cyfla i sôn am hanas y sosejys.'

'Dw i ddim yn meddwl bod otsh am hynny.'

'Na finna chwaith.'

'Sut wyt ti'n teimlo?'

'Yn well.'

'Ti'n edrach yn erchyll.'

'A chditha. Mae dy wallt yn glynu wrth dy dalcan.'

'Dw i'n medru'i deimlo fo.'

Cerddodd y ddau yn ôl i'r tŷ yn araf. Roedd braich Jesper yn dal amdani. Aethon nhw i'r tŷ gyda'i gilydd a chau'r drws. Eiliad wedyn, agorodd y drws eto. Daeth hi allan i roi'r bola mochyn yn ôl yn y rhewgell.

Ton wres

Yn ystod gwyliau'r haf ar ôl gorffen y chweched dosbarth symudais i mewn gyda Søren. Roedd e ddeuddeng mlynedd yn hŷn na fi ac yn gweithio yng ngarej ei dad. Roedd y fflat yn agos at fflat ei rieni uwchben y siop. Bu'n haf ofnadwy o boeth. Byddwn yn cysgu nes imi ddihuno yng nghanol y bore, yn drwm fy nghorff ac yn swrth. Byddai mymryn o arogleuon petrol ar y dŵfe o hyd. Safwn wrth y ffenestr ac aros yno nes i Søren edrych i fyny a'm gweld. Gallai fod yn y gweithdy, neu wrthi'n gweini ar gwsmer ond ambell waith byddai'n croesi'r blaengwrt ac yn fy ngweld i. Fe wenai a chodi ei law arnaf. Ychydig wedyn, byddai'n dod i fyny â phaned o goffi twym mewn cwpan blastig, cusanu f'ysgwyddau, a 'ngwthio i lawr ar y gwely â'i fys blaen. Byddai'r coffi bob amser yn oer erbyn imi ei yfed.

Ar dop y tŷ roedd teras to. Chefais i erioed gymaint o liw haul ag a gefais i'r haf hwnnw. Roedd ei fam yn tyfu tomatos, letys a phersli mewn twbeiau sinc mawr, tyllog. Yn ystod y dydd, fe eisteddai hi yn y swyddfa yn rhoi trefn ar y cyfrifon ac yn siarad ar y ffôn. Fy unig ddyletswydd i oedd sicrhau nad oedd y pridd yn y twbeiau'n sychu.

Sychwn fy nillad ar reiliau'r teras to. Doedd dim llawer o arian gyda fi a dim llawer o ddillad. Gyda'r hwyr byddwn yn socian ambell beth yn y bath; eu tynnu trwy'r dŵr a'u hongian allan drannoeth. Eisteddwn ar y to teras, yn darllen nofelau ac yn gwneud posau croeseiriau. I lawr yn y garej, byddai ceir yn dod i mewn a mynd allan. Deuai injan ar ôl injan i stop a chychwyn eto, a byddai cloch y drws yn tincial. Pan glywn Søren yn chwerthin, byddwn yn codi ac yn edrych i lawr. Weithiau byddai un o'i fêts yn galw heibio neu fenyw roedd wedi mynd i'r ysgol â hi. Petai plentyn gyda hi ar y sedd gefn, byddai'n gwasgu ei wyneb yn fflat yn erbyn ffenestr y siop, hyd nes i'r plentyn ddechrau chwerthin yn fodlon. Byddai'n golchi'r ffenestr wedyn a'i sychu â chlwtyn. Byddai'r fenyw yn gwenu ac yn sythu ei ffrog, mynd i eistedd yn ei char a chanu bib-bib ar y corn cyn gyrru i ffwrdd.

Roedd ewinedd fy nhraed yn glaerwyn. Byddai Søren yn eu cusanu yn ystod ei awr ginio. Byddwn yn paratoi cinio iddo yn y gegin a byddai'n eistedd wrth y bwrdd ac yn bwyta. Fe fyddwn i'n arllwys llaeth iddo ac yn edrych arno wrth iddo'i yfed. Yna, byddai'n mynd i orwedd am ryw hanner awr. Codai'n gynnar bob bore. Byddwn yn gorwedd wrth ei ochr ar y dŵfe ac yn gwrando arno'n anadlu.

Roedd aroglau algâu yn y lle golchi ceir, yn felys, ac yn bydredig, fel tanc pysgod enfawr. Weithiau byddwn i'n mynd i lawr tua diwedd y prynhawn i gael hufen iâ neu siocled o'r siop. Dyna lle'r oeddwn i un tro yn eistedd ar y grisiau a dadlapio'r hufen iâ pan ddaeth Søren o'r gweithdy â sypyn o gotwm polisio yn ei law. Cerddon ni wrth ein pwysau rownd i gefn yr adeilad. Agor yr hen Rover, mynd i mewn a chael popeth yn barod. Roedd yr aer yn y car fel ffwrn. Llosgai'r sedd fy nghluniau.

'Joio'r hufen iâ?' gofynnodd.

'Mmm.'

'Pryd clywi di'n ôl am y cais?'

'Mewn cwpwl o wythnose.'

'Wyt ti ar bige'r drain?'

Codais fy ysgwyddau a chynnig gweddill yr hufen iâ iddo. Bwytaodd e mewn ychydig o gegeidiau a thaflu'r darn pren. Taniodd y car a'i droi i wynebu'r maes parcio.

Wnaethon ni yrru o gwmpas gwpl o droeon – doedd y car ddim mewn cyflwr i wneud mwy na hynny. Fe neidiodd ychydig ond roedd yn gar ardderchog. Lliw hufen oedd e gyda'r clustogwaith lledr gwreiddiol. Parciodd Søren e a chymerais yr allweddi. Siglais nhw yn yr awyr.

'Pan dw i'n cael fy nhrwydded yrru, y car yma dw i isie'i yrru.'

Gwenodd heb ddweud unrhyw beth.

'Fe allwn ni yrru o gwmpas y byd a mynd ar ein gwylie ynddo fe.'

Agorodd y drws a dod allan, cerdded draw i'r ochr arall, ac agor fy nrws i.

'Falle gallen ni dreulio ein mis mêl ynddo,' meddwn i, gan bwyso ymlaen tuag at ei wyneb, fel y gallai fy nghusanu. Chwythodd aer i'm gwallt.

'Rwyt i'n meddwl fy mod i'n rhy ifanc, ond dydw i ddim,' meddwn i. 'Y tu fewn, dw i'n hen, yn hen iawn.' Pwyntiais at fy nhalcen.

'Ond ddim eto'n hen gant,' meddai fe.

Gyda'r hwyr, cawson ni farbeciw gyda'i rieni ar y teras to. Roedd ei dad yn brwsio selsig a byrgers ag olew tra eisteddai ei fam wrth y bwrdd yn sleisio tomatos. Wrth inni aros am ein bwyd roedd Søren wrthi'n rhoi trefn ar ei waled. Cael gwared ar hen dderbynebau ac arian papur oedd e.

'Dw i isie iti gael hwn,' meddai gan roi darn arian mawr o dramor imi. Edrychais arno.

'Wrth pwy cest ti fe?'

'Dim syniad. Yn y til oedd e, siŵr o fod.'

'O Fwlgaria mae'n dod. Wyt ti ddim isie cadw fe i ti dy hunan?'

'Nac ydw. Dw i isie i ti gael e.'

'Diolch.'

Rhoddais y darn arian ym mhoced fy siorts, codi ar

fy nhraed ac arllwys dŵr i bawb.

'Dw i wedi bod yn meddwl efallai y dylwn i ddechrau helpu mas yn y garej,' meddwn i.

Tasgodd saim o'r barbeciw. Trodd tad Søren y selsig. 'Pam 'ny?' gofynnodd.

'Jyst yn meddwl falle y dylwn i ddechre helpu mas yn y siop. Bydde hynny'n beth digon rhesymol.'

'Mae hynny'n garedig iawn, meddai ei fam 'ond does dim rhaid iti.'

'Pam lai? Dw i'n gwneud dim drwy'r dydd. Gallen i helpu gyda'r gwaith glanhau hefyd.'

'Ddim ar unrhyw gyfri. Yr unig beth dylet ti wneud yw mwynhau dy wylie, tra bod nhw'n para.'

'Rwyt ti'n helpu hen ddigon drwy gadw macnábs mewn hwylie da.' Amneidiodd y tad ar y mab. A nodiodd Søren arnaf i.

'Mae hynny'n fwy na digon,' meddai fe. Tynnodd e fi i'w gôl. Roedd yn gwisgo fest newydd ei golchi oedd yn oer braf ac yn llyfn.

Fel pob nos, roedd y noson honno'n drofannol. Roedd y ffenestr ar agor a buon ni'n gorwedd yn gwrando ar y synau o'r stryd cyn inni fynd i gysgu. Sŵn sandalau yn ffit-ffatio. Pobl yn chwibanu a chanu. Bob hyn a hyn, roeddwn i'n adnabod pobl yr un oed â fi a dyma fi'n troi yn y gwely i wynebu Søren, yn noeth ac yn agos ato, roeddem ni'n chwysu ein dau, roedd ei wallt yn wlyb, ac fe dynnais i e'n ôl yn dyner â'm bysedd.

'Wyt ti isie imi ôl dŵr iti?' sibrydais.

'Na, dw i'n gallu mynd fy hun.'

Cododd a dod yn ôl â dau wydraid. Yfon ni'r dŵr a mynd yn ôl i'r gwely.

'Pam na chaf i helpu mas yn y garej,' meddwn. 'Fi yw'r unig un sy ddim yn gwneud unrhyw beth.'

'Gad hi nawr. Do's dim angen iti wneud.'

'Man a man imi ddysgu siŵt i wneud yn hwyr neu'n

hwyrach. Dw i'n ffaelu mynd o gwmpas yn gwneud dim drwy'r amser.'

'Fe gei di lond côl o waith yn yr hydre.'

'Mae sbel i fynd cyn hynny. A does dim sicrwydd caf i gynnig.'

'Wrth gwrs cei di.'

'A dw i ddim yn gwbod chwaith ydw i isie mynd i astudio.'

'Rhaid iti.'

'Ond dw i ddim isie. Wyt ti ddim yn gallu gweld bydde hi cymaint yn well 'sen i'n aros yma?'

Rhedodd ei law i fyny ac i lawr fy mraich i.

'Wyt ti ddim yn gallu gweld hynny?' sibrydais.

Nodiodd.

'Ydw, dw i'n gallu gweld 'ny.'

Aeth e i gysgu o 'mlaen i ac fe fues i ar ddihun am amser hir yn cyfrif misoedd a dyddiadau ar fy mysedd. Codais a mynd i ôl rhagor o ddŵr mor dawel ag y gallwn, yfed y dŵr a mynd yn ôl i'r gwely, yn dal i fethu cysgu, a meddwl: Does dim ots, does dim ots.

Wnes i ddim dihuno tan tuag wyth o'r gloch bore trannoeth. Chlywais i mo Søren yn codi na bwyta ei frecwast. Roedd y bwrdd torri ynghyd â chyllell a fforc yn y sinc. Gwisgais amdanaf a mynd i lawr yn droednoeth i chwilio amdano. Doedd e ddim yn y gweithdy nac yn y siop nac yn y cefn. Doedd y Rover ddim yno chwaith. Cerddais ar draws y blaengwrt i'r ffordd. Draw wrth y motél wrth y gyffordd, dyna ble roedd y car. Roedd Søren wedi codi'r boned a dyna le'r oedd yn ffidlan gyda rhywbeth.

'Do'n i ddim yn meddwl y galle fe fynd mor bell,' meddwn i pan gyrhaeddais i fe.

'All e ddim chwaith!'

'O's rhywbeth yn bod arno?'

'Nac o's.'

Edrychodd y ddau ohonom ar yr injan. Sychodd ei fysedd, y naill yn erbyn y llall, wrth inni edrych arni.

'*Drive belt* yw hwnna, ondife?' meddwn i.

Nodiodd.

'A dyna'r *carburetor* a dyna'r *vacuum brake booster.*'

'Rwyt ti wedi dod ymla'n yn dda,' meddai fe.

'Dw i'n gallu dysgu popeth am geir.'

Caeodd y boned yn glec a gafael yn fy ysgwyddau.

'Ma' oel 'da ti ar dy ddillad nawr,' meddai fe.

'O's.'

Cusanon ni ein gilydd. Gadawon ni'r car lle'r oedd e a cherdded tuag at y ffordd. Llosgai'r tarmac o dan fy nhraed. Roedd ymylon y ffosydd yn sych grimp.

'Wyt tithe'n drist?' gofynnais.

Atebodd e ddim.

'Ife 'na pam wnest ti yrru bant?'

'Nage. Drycha ar y moch.'

'Ble?'

'Yn y gornel. Drycha pa mor fishi ŷn nhw.'

Symudai tri mochyn cefn coch golau o gwmpas rhwng y rhesi llafur. Roedden nhw'n rhochian. Safodd y ddau ohonom fraich ym mraich yn edrych arnyn nhw.

'Wyt ti'n meddwl eu bod nhw wedi dianc?'

'Bosib.'

'Gobeithio na wnân nhw ddim crwydro i'r ffordd.'

'Wnân nhw ddim.'

'Paid â bod yn drist Søren. Gelli di ga'l beth bynnag ti moyn.'

'Dw i'n gwbod.'

Yn fuan wedyn, aeth y moch yn ôl i'r twlc. Dyma droi'r car a gyrru adref. Roedd gan Søren lawer i'w wneud. Eisteddais i ar deras y to, yn bwyta tost a darllen. Rhoddais fy llaw yn fy mhoced a dod o hyd i'r darn arian o Fwlgaria a'i roi ar y bwrdd yn yr haul. Yn nes ymlaen, pan oeddwn i eisiau'i godi eto, roedd yn

chwilboeth a chefais bothell ar fy mys bawd. Felly es i
lawr a rhedeg dŵr oer dros fy llaw i gyd. Pan ddaeth
Søren i fyny, troais y dŵr i ffwrdd. Ddywedais i ddim
am y bothell na'i bod yn brifo. Roedd yn teimlo fel peth
twp y dylwn i fod wedi osgoi'i wneud.

Gair mewn angladd

Roedd un freuddwyd y byddwn yn ei chael dro ar ôl tro, un nos ar ôl y llall. Clasur o freuddwyd, un hollol nodweddiadol: yn ôl pob golwg roedd y tŷ lle roeddwn i'n byw wedi magu ystafell arall mwya'r sydyn. Ystafell fawr lan llofft, er enghraifft, neu yn y seler, neu tu ôl i'r gegin. Byddwn yn mynd drwy'r tŷ ac yn dod o hyd iddi ar ddamwain. Roeddwn wrth fy modd. Roeddwn i eisiau dodrefnu'r stafell â chadeiriau a byrddau a gwelyau. Byddai hen ddigon o le yn y tŷ wedyn. Gallen i gael pobl i aros dros nos. Byddai stydi yn bosibl. Byddai gwerth y tŷ'n codi, ac felly byddai'r banc yn siŵr o roi benthyg rhagor o arian imi.

Y bore hwnnw dihunais â chefn tost. Yn wahanol i'r freuddwyd, doeddwn i ddim ar fy mhen fy hun. Roedd gen i deulu; gŵr a dau blentyn a thrydydd ar y ffordd. Fe wnes i rolio i'r llawr, gorwedd yno am ychydig, codi ar fy nhraed a mynd am fath. Roedd fy nghorff yn llenwi'r rhan fwyaf o'r twba.

Eisteddais ar ddwy gadair wrth y bwrdd brecwast. Chwerthinodd y plant. Roedd y coffi'n gryf ac yn chwerw. Meddyliwn amdano fel fy unig arfer gwenwynig.

A dyna fi yn sefyll yn y drws, yn fawr ac yn fygythiol:

'So ti'n gwrando dim arno i! Sdim digon o le 'da ni!'

Pwyntiais i lawr at fy mol; byddai pethau'n mynd o ddrwg i waeth. Yna codaist ti oddi wrth y bwrdd, gwisgo dy siaced, mynd allan, a'r plant yn dy ddilyn.

'So ti'n gwrando arno i! So ti byth yn gwrando ar beth sydd 'da fi weud.'

Mor aml y byddwn yn eistedd a synfyfyrio pan

fyddech chi wedi gadael am y dydd. Gallen i fod wedi eistedd fel hynny am hydoedd, a'm llygaid ynghau er mwyn peidio ag edrych ar y llanast i gyd.

Dwi'n ymddiheuro. Dw i'n cymryd y cyfan yn ôl. Dw i ddim angen unrhyw stafell wely na gwely chwaith o ran hynny. Byddwn yn hollol fodlon treulio pob noson yn sefyll fel polyn lamp, ar y grisiau neu yng nghefn yr ardd. Dw i'n taeru nad oes dim angen cwsg arnaf o gwbl. Does neb yn dweud bod gwir raid wrth gwsg.

Tro bach

Mae hi'n haf ac mae Mam wedi trefnu cwrdd â mi. Wrth yr orsaf, yn ystod fy awr ginio. Daw ar y bws a chyrraedd ychydig wedi hanner dydd. Fydd dim angen iddi fynd at y milfeddyg am dri chwarter awr. Fe ddaw â brechdanau inni eu rhannu. A byddaf i'n gallu ffarwelio â'r ci. Mae dros ei bedair blynedd ar ddeg ac yn rhy hen i gael rhagor o lawdriniaethau. Does dim i'w wneud ond ei roi i gysgu.

Does yr un cwmwl i'w weld yn yr awyr. Dyma fi'n aros wrth y safle bysiau yn fy sandalau a ffrog las sydd eisoes yn dynn dros fy mol. Rhaid bod y tymheredd tua deg gradd ar hugain a dw i'n sychu'r chwys oddi ar fy wyneb â chledr fy llaw a sychu fy llaw ar fy ffrog.

Rwy'n clywed aroglau'r tarmac cynnes. Mae pobl yn gyrru i du blaen yr orsaf. Aiff pobl i mewn ac allan. Eraill yn ymochel rhag yr haul o dan gysgodfa. Mae dyn yn postio llythyrau.

Mae hi ar ei thraed yn barod wrth i'r bws droi i mewn i'r orsaf fysiau. Cyn gynted ag y mae'r drws yn agor, daw allan gyda'r ci yn ei dilyn. Daw'r ci i lawr y grisiau yn araf a'i dafod yn hongian o'i geg. Unwaith y mae allan o'r bws mae'n gorwedd i lawr ac mae fy mam yn rhoi ei bag i lawr ac yn eistedd yn ei chwrcwd. Mae'r ci yn ysgwyd ei gynffon wrth fy ngweld. Mae Mam yn tynnu ei llaw drwy flew'r ci ac yn ysgwyd ei phen.

'Dyna o'dd siwrne waetha fy mywyd,' meddai hi heb edrych arnaf. 'Yr ugen munud hira erioed.'

Roedd hi wedi rhoi ei gwallt i fyny mewn cocyn, ond roedd wedi cwympo i lawr ychydig ac mae'n glynu wrth ei gwar.

'Oedd e mor anniddig, a buodd rhaid imi weud y drefn wrtho sawl tro achos o'dd e'n gorwedd yn y ffordd. A gweud y gwir, ddylsen i ddim bod wedi dod ag e ar y bws, ond nethon nhw adel imi neud beth bynnag. A dyw e ddim hyd yn oed yn gwbod beth sy'n mynd i ddigwydd iddo. Meddwl mae e ein bod ni'n mynd am dro bach.'

Mae hi'n plygu drosto a chladdu ei phen yn ei flew. Rwy'n rhoi llaw ar ei chefn. Mae ei blows yn damp.

'Dewch, Mam,' meddaf fi. 'Ffindwn ni rywle yn y cysgod.'

'Dw i wedi anghofio dod â dŵr iddo fe. Ma' cymint o syched arno fe, ond does dim dŵr efo fi ar ei gyfer. Dw i ddim yn gwbod beth oedd ar fy mhen.'

'Dewch,' meddaf fi gan ei helpu i godi. Mae'n simsanu ychydig a rhoi ei bag dros ei hysgwydd. Mae'r ci yntau'n codi ar ei draed. Rwy'n rhoi mwythau iddo ac mae'n ysgwyd ei gynffon eto.

Cerddwn at y caffi bach i brynu cwpanaid o ddŵr i'r ci. Mae 'na giw ar hyd y pafin ac rwy'n cymryd fy lle yn y gwt.

'Paid prynu dim byd i'w fwyta,' meddai Mam, 'dw i wedi dod â tocyn efo fi. Ond gallet ti ddod â serfiét.'

Mae hi'n sychu ei thalcen.

'A gweud y gwir, dere â llond llaw ohonyn nhw. Anghofies i ddod â macyn poced. Ar y funud ola nes i bopeth. Ges i waith dod allan trwy'r drws. Bu bron inni golli'r bws. Faint o'r gloch yw hi 'wan?'

'Mae digon o amser gyda ni,' meddaf fi. 'Safwch yn y cysgod tra mod i'n aros yn y ciw.' Rwy'n pwyntio at gysgodfa ym mhen draw'r sgwâr. Mae Mam yn nodio ac yn mynd â'r ci draw.

Yn ôl pob golwg, mae'r fenyw o'm blaen yn prynu bwyd i griw o'i chydweithwyr. Mae'n archebu byrgers, selsig a pop. Dw i'n cymryd ychydig o serfiéts o'r blwch

ar y cownter a'u rhoi yn fy mag. Edrychaf draw. Mae
Mam wedi clymu'r ci wrth arwydd. Mae hi'n eistedd ar
ei bwys ac yn aros. Mae'r ci yn taro'i gynffon yn drwm
ar y tarmac.

'Oes modd imi brynu paned o ddŵr?' gofynnaf i'r
ferch sy'n gweini.

'Dim ond dŵr tap?'

'Ie,' meddaf fi. 'I'r ci mae e.'

Mae hi'n arllwys dŵr i gwpan ac yn ei rhoi imi.

'Am ddim,' meddai hi.

Rwy'n diolch iddi a gwneud fy ffordd ar draws y
sgwâr gan geisio osgoi gollwng y dŵr. Daw Mam i
gwrdd â fi hanner ffordd.

'Diolch byth,' meddai hi. 'Mae'r ci mor boeth.'

Fe ddaw i stop a rhoi ei hwyneb yn ei dwylo. Mae
hi'n tagu ac rwy'n rhoi fy mraich rydd amdani. Gyda'r
llall rwy'n dal y gwpan tu ôl i'w chefn.

'All rhwbeth fod yn hawl i rwun, dim ond am fod y
rhwun hwnnw yn fod dynol?' hola. 'Ca'l lladd ci cyn
bod natur yn neud hynny. Dw i'n gwbod ei fod yn
diodde. Mae lot ohonon ni'n ca'l yr un profiad ond
cario ymla'n i fyw yden ni.'

Mae'r dŵr yn sblasio yn y gwpan.

'Yr haf 'ma sydd wedi neud popeth yn waeth,'
meddai hi. 'Mae'n cerdded o gwmpas y tŷ ac yn mynd
yn fwyfwy tost o achos y gwres. Mae e wedi dechre
gorwedd i lawr yn y bathrwm drwy'r amser. Dyw
hwnna ddim yn fywyd i neb. Fe ddylse fe fod yn rhedeg
o gwmpas yr ardd a chloddio tylle. Wyt ti'n cofio fel y
bydde fe'n cloddio tylle o hyd?'

'Ydw, dw i'n cofio.'

'A beth am y tro na'th e dynnu'r soffa yn rhacs, wyt
ti'n cofio hynny? Dim ond achos bo' fe'n *bored* na'th e
hynny. Do'dd e ddim yn licio bod ar ei ben ei hunan
drwy'r dydd, felly o'dd rhwbeth yn bownd o ddigwydd.'

'Digon gwir.'

'Weithie bydde fe'n rhedeg i ffwrdd, a minne'n gorfod rhedeg ar 'i ôl e. Own i'n teimlo siŵt gymint o ffŵl pan nad o'dd e'n bihafio. Ond dyw ci byth yn bwriadu neud drwg. Os yw'n ca'l 'i godi'n wael, bai'i feistr yw hwnnw. Mae pawb yn gwbod hynny. Dyna pam dech chi'n methu casáu ci. Dim ond 'i garu gall dyn ei neud. Dyna'r math pura o gariad sydd i ga'l.'

'Dw i'n deall beth ŷch chi'n feddwl,' meddaf fi.

'A dyma fe'n gorwedd yma ac yn mynd i farw mewn hanner awr. A dyw e ddim yn gwbod dim. Own i ise iddo'n gadel ni yn 'i ffordd 'i hunan. Ddim fi fydde'n gorfod neud y penderfyniad wedyn.'

Mae hi'n symud ychydig oddi wrthyf. Rwy'n cael hyd i serfiét yn fy mag ac yn ei rhoi iddi ac mae hi'n sychu ei llygaid. Yna rwy'n estyn y gwpanaid dŵr iddi ac rydym yn mynd at y ci. Mae'n dal i orwedd ar lawr.

Mae Mam yn rhoi'r gwpan o'i flaen. Mae hi'n cwpanu ei wyneb yn ei dwylo. Mae'r ci yn yfed yn araf. Mae Mam yn arllwys gweddill y dŵr ar y tarmac ac mae'r ci yn ei lyfu.

'On'd o'dd hynny'n ffein?' meddai Mam. 'Braf fod ti wedi ca'l dropyn bach o ddŵr ffein.'

Mae hi'n sychu ei thrwyn.

'Oes sigarét efo ti?' gofynna.

'Dw i ddim yn smoco rhagor,' meddaf fi. 'Ond gallen i ôl rhai o'r ciosc, os dych chi isie.'

'Sdim rhaid iti. Galla i neud heb.'

Mae bws yn cyrraedd y safle ac mae criw o bobl ifainc yn dod allan dan weiddi. Safwn yno'n eu gwylio yn diflannu i'r dref, yn pwnio ei gilydd yn chwareus.

'Fe ddylsen ni fwyta'n tocyn,' meddai Mam. 'Nes i bobi'r bara fy hun.'

'Swnio'n dda,' meddaf fi.

'Own i'n methu cysgu neithiwr, felly dyma fi'n codi

a phobi torth. Ma' hade blode'r haul yndi.'

'Nethoch chi ddim cysgu o gwbl?'

'Naddo.'

Mae hi'n edrych i lawr ar y ci.

'Na'th yr un ohonon ni.'

Mae hi'n agor ei bag ac yn estyn y brechdanau, ac yn eu rhoi imi.

'Byt,' meddai hi.

'Arhosa i am damed,' meddaf fi.

'Beth am fynd â nhw nôl i'r gwaith efo ti? Falle byddi di ise bwyd nes mla'n.'

'Ydych chi ddim yn mynd i gymryd un?'

'Alla i ddim bwyta unrhw beth,' meddai hi.

Mae'r brechdanau'n teimlo'n drwm ac yn gynnes yn fy nwylo.

Rwy'n eu rhoi yn fy mag. Mae Mam yn datglymu tennyn y ci.

'Gad inni fynd i lawr i'r harbwr,' meddai hi. 'Bydde'n braf edrych dros y môr ond bydde hi?'

Mae'r ci yn codi ar ei draed. Mae ei lygaid hanner ynghau.

'Dw i ddim wir yn meddwl y gallwn ni fynd i lawr ffordd 'na,' meddaf fi.

'Ti ddim yn meddwl?'

'Nac ydw, a siarad yn blaen mae'r harbwr i gyfeiriad hollol wahanol i'r filfeddygfa.'

'Falle y gallen i roi caniad iddyn nhw i weud y bydden ni dipyn bach yn hwyr?'

'Na, Mam. Peidiwch. Fydd hynny ddim yn gwneud pethe ddim haws.'

'Ti'n iawn,' meddai hi, 'ti'n itha reit.'

Fe saif a'r tennyn yn ei llaw yn edrych ar y ci. Mae hi'n agor ac yn cau ei llaw am y tennyn, mae ei bysedd yn crynu. Rwy'n gafael amdani wrth iddi lefain. Daw dwy hen wraig heibio ac edrych arnom. Mae'r ci wedi gorwedd eto. Mae'r tarmac o flaen ei ben ychydig yn wlyb. Mae Mam yn anadlu i mewn yn ddwfn ac yn edrych arnaf.

'Dw i ddim yn gwbod siŵt olwg sy' arna i,' meddai hi. 'Ydw i'n ddu i gyd dan 'yn llyged i?'

'Dyw hi ddim mor wael â hynny,' meddaf fi.

'Dw i angen mynd i'r tŷ bach yn y stesion,' meddai Mam. 'Ddewch chi efo fi?'

'Gallwn ni aros yma,' meddaf fi.

'Na. Dewch efo fi,' meddai Mam.

Mae'r ci yn gorwedd unwaith ein bod ni yn y tŷ bach. Saif Mam o flaen y drych a sychu ei thrwyn. Rwy'n eistedd ar bwys y ci ac yn rhoi mwythau iddo. Mae'n anadlu'n fyr ac yn gyflym.

Mae Mam yn edrych arnaf yn y drych.

'Wyt ti'n feichiog eto,' meddai hi.

Dw i'n nodio.

'Ma'n hollol amlwg wrth edrych arnat ti. Bydd rhaid iti fadde imi mod i ddim yn gallu bod yn hapus drostot ti heddiw.'

Mae hi'n troi'r tap dŵr ac yn dechrau ymolchi o dan ei llygaid. Rwy'n dal fy llaw ym mlew'r ci am ychydig. Mae'n teimlo fel petai'n stemio.

Sycha Mam ei hwyneb a thwtio'i gwallt.

'Dw i'n cymryd bod rhaid iti fod nôl yn gwaith cyn bo hir,' meddai hi.

Rwy'n nodio eto ac yn codi ar fy nhraed gan helpu'r ci i godi hefyd. Rwy'n rhoi'r tennyn i Mam ac rydym yn cerdded allan. Mae'r gwres yn ein taro.

'Bydda i'n meddwl amdanoch chi,' meddaf fi.

'Dw i'n gwbod. Diolch iti am ddod.'

'Dych chi'n gneud y peth iawn,' meddaf fi.

Rwy'n eistedd o flaen y ci. Mae'n ysgwyd ei gynffon ac yn nadu ychydig.

'Diolch am ofalu amdani hi,' dywedaf yn ei glust.

''Na gi da.'
    Rwy'n codi ac yn gwenu ar Mam.
    'Gest ti gyfle i ffarwelio ag e,' meddai hi.
    'Do,' meddaf fi. 'Da bo.'

Nos Fawrth

Rwy'n dihuno ychydig cyn pedwar o'r gloch am fod John wedi codi ar ei eistedd yn y gwely. Mae wrthi'n dyrnodio'r dŵfe drosodd a thro.

'O's modd iti fod yn dawel?' gofynna i mi.

'Beth?' gofynnaf innau.

Rwy innau'n codi ar fy eistedd. Mae fy nghlun yn brifo. Rhaid fy mod wedi gorwedd ar fy ochr wael. Rwy'n tynnu'r dŵfe i mewn o dan un o fochau fy mhen ôl ac yn ymestyn ychydig.

'Pam ddyhunest ti fi?' gofynnaf.

Mae'r ystafell wely'n boeth iawn. Fe ddylai rhywun gysgu gyda ffenestr ar agor, ond dyw'r un ohonom yn gallu goddef drafftiau, yn enwedig ar hyn o bryd. Rhaid imi wylio fy meingefn ac mae peswch wedi bod ar John ers bron i bythefnos.

Mae'n eistedd â'i gefn yn erbyn y wal. Mae'n dal i ddyrnodio'r dŵfe, yn araf ac yn ddifrifol.

'Wyt ti'n dost?' gofynnaf.

'Bydd dawel, wnei di?' meddai.

'Ond beth sy'n bod?'

Mae'n llonyddu, yn troi cledrau ei ddwylo i fyny ac yn eu symud nhw gyferbyn â'm hwyneb. Rwy'n edrych i lawr ar gledrau ei ddwylo yn y tywyllwch. Yna mae'n curo ei ddwylo ynghyd, yn galed ac yn sydyn, wrth ymyl fy moch. Mae hynny'n rhoi ysgytwad imi.

'Beth yn byd wyt ti'n gwneud nawr?' gofynnaf.

Mae'n tynnu ei ddwylo yn ôl ac yn edrych arnyn nhw.

'Wy'n mynd i wneud dishgled o de,' meddaf fi. 'Wyt ti moyn un?'

Y cyfan a wnaiff yw syllu ar ei ddwylo.

'Wy'n mynd i gael un 'ta beth,' meddaf fi.

Rwy'n mynd i'r gegin ac yn arllwys dŵr i'r tegell trydan. Mae'n gwneud sŵn wrth imi ei gynnau. Bydd angen glanhau'r calchgen ohono cyn bo hir. Pan fydd y dŵr wedi berwi, rwy'n gwneud y te mewn dau fŵg ac yn mynd â nhw yn ôl i'r ystafell wely.

Mae'r aroglau'n llethol. Rwy'n agor ffenestr rhyw fymryn.

'Gallwn ni adel ychydig bach o awyr iach i mewn tra'n bod ni'n yfed ein dishgled,' meddaf fi.

'Te,' meddai John gan dynnu gwep. Ond mae'n gafael yn y mŵg wrth i mi ei roi iddo.

Felly dyma'r ddau ohonom ar ein heistedd yn y gwely a'n cefnau wrth y wal yn yfed dishgled o de.

'Siarades i yn fy nghwsg eto?' gofynnaf.

Rwy'n slochian fy nishgled ac yn ei llyncu.

'Rhwbeth ambytu Thomas oedd e?'

Dyw e ddim yn ateb.

'Neu ambytu Peter? Neu ambytu ti? Rhywbeth drwg oedd e?'

Mae'n dodi'r mŵg ar y bwrdd erchwyn gwely. Dyw e'n dal ddim yn ateb.

'Rhaid iti fadde imi os dwedes i rwbeth nag o't ti'n lico. Ond a dweud y gwir, alla i ddim help,' meddaf fi. 'O'r isymwybod mae'r pethe 'ma'n dod.'

'Wy ddim yn gwbod beth wy'n neud yn y gwely 'ma gyda ti,' meddai John yn araf.

'Na,' meddaf finnau.

Rwy'n dechrau llefain. Rwy'n gwneud hynny mor dawel â phosibl. Rwy wir yn gobeithio na wnaiff sylwi. Rwy'n rhoi'r mŵg te i lawr. Dim ond ar ôl sbel hir rwy'n snwffian, pan mae'r baw trwyn eisoes wedi rhedeg i lawr fy wyneb a dechrau llosgi.

'Ydw, wy'n llefain,' meddaf fi, 'fel y clywi di.'

'Bydde'n dda 'da fi 'set ti'n mynd o'ma,' meddai John.

'Wy'n codi.'

Yna cyfyd rhyw ddiawlineb ynof.

'Nawr ti'n codi? Ti'n ffaelu codi nawr. Dim ond pedwar o'r gloch yw hi a rhaid iti fod ar ddihun yn y bore. A finne 'fyd, ddim bod hynny o ots i ti. Wy angen cysgu tipyn bach mwy. Paid mynd ati i godi stŵr nawr.'

Mae e'n ymestyn am ei ddillad ar y gadair. Neidiaf a gafael yng nghoes ei drowser a thynnu'r trowser oddi arno.

'Paid gwisgo dy drowser nawr!' gwaeddaf. 'Paid ti â chodi!'

Daw yn agos iawn ataf, gafael yn y trowser a rhoi plwc iddo.

'Chei di byth mo'r trowser!' gwaeddaf.

Mae'r ddau ohonom yn tynnu coes yr un. Mae'n swnio fel petai un o'r semau'n torri. Mae'n gweiddi'n uchel ac yn tynnu'n galed. Rwy'n gorfod gadael i'r trowser fynd. Rwy'n cwympo tuag yn ôl yn bendramwnwgl i'r cwpwrdd dillad. Rwy'n llefain y glaw nawr. Mae'n gwisgo'i drowser dan regi ac yn cerdded drwy'r tŷ yn gyflym ac yn swnllyd, i'r lolfa, yn cynnau'r set deledu, yn troi'r sain i fyny, yn cau'r drws yn glep a bob hyn a hyn mae'n bwrw rhywbeth yn galed i'r llawr.

Rwy'n cymryd anadl ac yn dod ataf fy hun. Rwy'n lapio blanced amdanaf ac yn cerdded mor dawel ag y gallaf i'r lolfa. Rwy'n eistedd ar y soffa ar bwys John. Rydym yn edrych ar deledu gyda'r sain yn rhy uchel. Mae yna bobl yn crwydro o gwmpas siop fawr. Cânt eu ffilmio gan gamera cudd. Yn sydyn, symuda mánecin ffug a bloeddio. Mae pobl yn rhuthro i ffwrdd, wedi eu brawychu, nes iddyn nhw ddeall y jôc a dechrau chwerthin. Rydym ninnau'n llwyddo i wenu ychydig. Wrth inni wenu ar ein gilydd, rwy'n rhoi fy llaw ar ei glun.

'Mae'n wir ddrwg 'da fi 'mod i'n siarad yn fy nghwsg,'

meddaf fi.

Edrycha i lawr ar fy llaw.

'Mae fy mywyd mewnol i wastad wedi bod yn gythryblus,' meddaf fi. 'Alla i ddim help. Mae'n cymryd drosodd yn llwyr pan wy'n cysgu.'

Mae'n pwyso ymlaen, yn ymestyn am y teclyn teledu a'i ddiffodd.

'O'dd hynna'n dda,' meddaf fi.

Mae'n troi tuag ataf.

'Beth sy'n hala fi'n benwan, Bente,' meddai fe, 'yw nad wyt ti'n cysgu.'

'Beth wyt ti'n feddwl?'

'Rwyt ti'n ffaelu cysgu achos bod cefn tost 'da ti. Felly rwyt ti'n gorwedd yno ac yn siarad. Ddim rhywbeth anymwybodol yw e. Rwy ti'n wneud e er mwyn fy nihuno i a trio tynnu fy sylw i.'

Does gen i ddim syniad beth ddylwn i ddweud.

'Rwyt ti'n dyfeisio gwahanol ddynion ac yn siarad â nhw. Wela i ddim beth yw'r pwynt. Dyw hynny ddim yn fy ngwneud i'n genfigennus.'

Rwy'n canolbwyntio ar yr hyn a ddywed fy wyneb.

'Ti'n rong am hynny,' meddaf fi wedyn.

'Ydw i?'

Rwy'n nodio.

'Yn gyfan gwbl.'

'Océi, felly wy'n anghywir am hynny.'

Fe ddywed hynny heb geisio dadlau'r pwynt.

'Dw i *yn* cysgu,' meddaf fi. 'Ac a dweud y gwir, wy angen y cwsg. Mae'n helpu'r boen. Ond ti sydd yn fy nihuno i pan ti'n ishte lan mewn ffordd hollol annaturiol yn bwrw'r dŵfe â dy ddwylo, lan a lawr, ac yn clapo dy ddwylo o flaen fy wyneb, ac yn fy nychryn i cyment. Fe gysges i. Mae'n bosibl 'mod i wedi siarad yn fy nghwsg ac mae'n flin 'da fi am hynny.'

'Wyt ti?'

'Wy'n wir yn sori.'

Rwy'n dal i eistedd gyda fy llaw ar ei glun. Rwy'n ei gadael yno er mwyn dangos rhyw faint o haelioni ysbryd. Mae'r ddau ohonom yn edrych ar fy llaw ar ei glun.

'Ond wy'n gallu clywed yn ôl dy anal di nad wyt ti ddim yn cysgu,' meddai fe wedyn. 'Rwyt ti'n anadlu'n rhy drwm o lawer. Dwyt ti ddim yn anadlu mor drwm pan wyt ti wir yn cysgu.'

'Paid ti â sôn wrtho i am fy anadlu i.'

'Ac os wy'n rhoi'r gole mla'n, wy'n gallu gweld wrth dy amranne bod ti ar ddihun. Maen nhw'n crynu.'

'Am fy mod i'n breuddwydio.'

'Am nad wyt ti'n cysgu.'

'Na, dyna ddigon nawr.'

Rwy'n codi ac yn pwyntio ato, yn fygythiol. Rwy'n mynd at y ffenestr ac yn rhwygo'r cyrtens i lawr nes iddyn nhw gwympo i'r llawr yn rhacs jibidêrs, rwy'n eu cicio, ac yn eu casglu ynghyd ac yn eu taflu ato ar y soffa. Dyw hynny ddim yn cael llawer o effaith arno. Mae'r defnydd meddal yn cwympo drosto.

'Drycha beth ti 'di gwneud nawr!' gwaeddaf.

'Wy'n mynd nôl lan, i gysgu,' meddai fe. 'A byddwn yn gwerthfawrogi bach o lonydd.'

'Ddim dros fy nghrogi. Pan wy'n hollol ar ddihun o dy achos di, rhaid i ti gymryd y cyfrifoldeb.'

'Druan â ti,' meddai fe.

Rwy'n baglu i'r pasej ar ei ôl. Rwy'n hercian ag un llaw ar fy nghlun.

'Dw inne'n gorfod mynd i'r gwaith 'fory, iti ga'l gwbod!' gwaeddaf.

'A digon posib nad yw ngwaith i mor bwysig â dy waith di, ac nad yw pobl yn llewygu pan wy'n cerdded i mewn drwy'r drws, ond wy'n dod lan, a gan bo' ti wedi fy nihuno i, rhaid i ti gymryd y cyfrifoldeb. Paid ti meddwl bo' ti'n mynd i gael cysgu!'

Mae'n gorwedd yn y gwely. Rwy'n cau'r ffenestr. Rwy'n cerdded yn ôl ac ymlaen yn y stafell wely gan siarad a chanu, yn uchel ac yn dreiddgar. Mae'n tynnu'r dŵfe i fyny dros ei glustiau; rwy'n fy nhaflu fy hun drosto ac yn tynnu'r dŵfe i ffwrdd.

'Na, nawr ni'n mynd i siarad,' gwaeddaf.

Fel mellten mae'n gafael yn dynn yn fy mraich. A dweud y gwir, rwy'n dychryn. Mae'n fy nhaflu i lawr ar y gwely, yn cymryd fy ngobennydd ac yn ei ddal yn sownd dros fy ngheg. Wrth lwc, rwy'n gallu anadlu drwy fy nhrwyn, ond mae ychydig yn anghyfforddus. Rwy'n gwingo ac yn ceisio ei gicio ond yn raddol rwy'n dechrau ymdawelu. Rwy'n blino. Rwy'n sylwi ei fod yn defnyddio ei holl nerth i ddal y gobennydd. Rwy'n edrych ym myw ei lygaid wrth iddo wneud.

Yn y diwedd, rwy'n mynd i gysgu, a'r tro hwn rwy'n cysgu go iawn. Felly y gwnaiff John yntau. Cwsg llesol iawn ydyw. Rydym yn dihuno'n agos iawn i'n gilydd a'n pennau ar yr un gobennydd. Mae'r cloc larwm wedi canu ers amser. Rydym yn codi ac yn cymryd tro i fynd i'r ystafell ymolchi, gwrando ar y newyddion radio, ac yfed cwpl o baneidiau o goffi yn gyflym.

Mae'n fy ngollwng i wrth yr ysgol. Rydym yn codi llaw ar ein gilydd. Dw i ddim wedi gorffwys digon, ond mae'n well nag y mae wedi bod ers amser hir. Rwy'n gwneud cynlluniau. Ar ôl y gwaith byddaf yn prynu dillad newydd ac ychydig o lyfrau – llenyddiaeth gain, llyfrau trwchus, sylweddol. Rwy i am dreulio llawer o'r diwrnod yn darllen, wedi ymgolli, yn amhosibl fy nghyrraedd.

Fy ngwaith

Rwy'n hollol anhepgor yn fy ngwaith. Cwbl anhepgor yw fy ngwaith. Does dim llawer sy'n fwy anhepgor na fi. Does dim llawer o waith sy'n fwy anhepgor na'm gwaith i. Ar ben hynny, mae'n galed iawn. Mae'n bendant yn waith caled. Mae'n dihysbyddu fy egni. Rwy'n defnyddio popeth sydd gen i. Rwy'n eistedd ac yn syllu. Rwy'n yfed coffi. Rwy'n agor y papurau ac yn eu cuddio â'm llaw fel nad oes neb arall yn gallu eu gweld. Mae'n flinderus iawn. Does dim llawer sy'n deall. Dyna pam rwy'n gorfod gorffwys yn aml. Dw i ddim yn ei wneud e er mwyn pleser.

Dieithriaid cyfeillgar

Gyrrodd o'r tŷ yn ddrwg ei hwyl ychydig ar ôl hanner
dydd. Roedd Allan wedi mynd dan y gawod pan
stompiodd hi allan i'r car yn ei hen glocsiau. Roedd hi
wedi cario deuddeg tywel bath glân, bron â bod yn sych,
a'u taflu nhw ar y sedd gefn yn grac gan feddwl: Dyw e
ddim yn mynd i gael getawê gyda hyn.

Byddai hi wastad yn ddig ar ddydd Sadwrn. Petai
rhywbeth yn mynd ar ei nerfau yn ystod yr wythnos,
byddai'n gadael iddo basio neu'n tanio sigarét. Byddai'r
ddau ohonyn nhw'n dod adref o'r gwaith yn hwyr, ar
goll yn eu meddyliau eu hunain, heb wastraffu gormod
o eiriau ar ei gilydd petai'r naill yn gofyn rhywbeth i'r
llall. Erbyn naw o'r gloch byddai hi wedi blino. Allai hi
ddim darllen nofelau rhagor, hanner tudalen o
gylchgrawn ar y mwyaf, cyn iddi fynd i gysgu. Fe ddôi
e i'r gwely'n hwyrach, lapio'r dŵfe amdani hi a mwytho
ei gwallt. Yn ei hanner cwsg fe glywai hi ei ddwylo, troi
ar ei hochr, a theimlo'n hapus iawn. Os gallai, byddai'n
sibrwd rhywbeth neis iddo, cyn iddi fynd i gysgu eto.

Ond er hynny, bob dydd Sadwrn, byddai hi'n mynd
yn ddig. Fe ddechreuai cyn brecwast. Er enghraifft os
oedd hen bast dannedd wedi mynd yn gramen ych-a-fi
dros y tiwb, neu pan fyddai hi'n gosod y bwrdd, os oedd
y caws wedi ei sleisio'n ddi-siâp neu wedi ei lapio'n
anghywir. Y bore Sadwrn hwnnw, rhoddodd hi'r golch
ar y lein ben bore; roedd wedi rhoi llond peiriant i
mewn y noson cynt, ac wrth iddi sefyll yn yr ardd a
phlygu i nôl pegiau o'r tun, fe sylwodd fod y lawnt yn
llawn dail crin. All lawnt ddim anadlu fel hynny.

Ffrwynodd ei hun dros frecwast, er bod rhywun

wedi colli coffi ar y bwrdd a bod dim rhagor o bapur cegin ar ôl. Ysgrifennodd nodyn atgoffa iddi hi'i hun wrth iddi gnoi ei bwyd. Darllen drosto ac ychwanegu: licris, papur newydd a rhywbeth blasus i ginio. Wrth lwc, doedd e ddim wedi mynegi unrhyw awydd i ddod i'r dref gyda hi. Byddai hynny'n rhoi cyfle iddi daro i mewn i siop ddillad i edrych am got hydref ac efallai ffrog newydd. Cododd y syniad ei chalon. Rhoddodd hi sws iddo, sawl un a dweud y gwir, cyn iddi ymadael.

Ond yr unig gotiau oedd gyda nhw mewn stoc oedd cotiau oel mawr hyll. Ac roedd y ffrogiau i gyd o'r hyd anghywir. Roedd pob un yn cyrraedd ychydig dan y pen-glin, ac roedd hi am ffrog oedd naill ai'n hir iawn neu'n fyr iawn. Aeth oddi yno heb drio unrhyw beth ond het gnu a ddôi reit i lawr dros ei phen. Roedd ei gwallt wedi mynd yn drydan i gyd ac roedd wedi chwysu ei cholur i ffwrdd.

Pan ddaeth adref, roedd Allan yn dal i eistedd wrth y bwrdd gyda phaned o goffi. Cododd fel petai am ei chofleidio, er bod ei dwy law yn llawn o fagiau siopa.

'Mae hi mor braf,' meddai fe. 'Efallai gallen ni fynd i'r goedwig y prynhawn 'ma.'

Ag ebychiad straenllyd rhoddodd hi'r bagiau ar fwrdd y gegin.

'Mae'r dillad bron wedi crasu,' meddai hi gan ddechrau dadbacio. Taflodd becyn o licris iddo. 'Ond mae'r lawnt yn llawn dail. Wyt ti'n meddwl bod hynny'n gwneud lles i'r borfa?'

Cododd e'i ysgwyddau ac arllwys y darnau licris ar y bwrdd.

'Dw i'n meddwl y gwna i gribinio'r dail y prynhawn 'ma,' meddai hi.

Roedd hi wedi prynu sebon golchi llestri, ond doedd y botel ddim wedi ei chau'n dynn. Roedd y nwyddau i gyd mewn un bag yn blastr ych-a-fi o lysnafedd.

'Dw i wedi cael hen ddigon o hyn,' meddai hi.

Swiliodd ei bysedd a gadael i'r dŵr redeg, tra sychai'r nwyddau â chlwtyn llestri, y naill ar ôl y llall. Rhoddodd hi nhw i lawr gyda chlec gan wasgu'r clwtyn llestri o bryd i'w gilydd. Gallai weld bod Allan yn edrych arni.

'Beth am inni drio cael penwythnos braf?' meddai fe gan godi. Aeth i'r ystafell ymolchi. Pan drodd y gawod ymlaen, aeth llif y dŵr yn y gegin yn wan, fel y gwnâi bob tro. Allai hi ddim swilio'r clwtyn llestri i gael gwared â'r sebon. Roedd mor grac fel na allai anadlu'n iawn.

'Ulla!' gwaeddodd o'r ystafell ymolchi. 'Oes modd iti ddod â tywel ifi?'

Yna, cododd hi ei bag llaw oddi ar y llawr, ei roi dros ei hysgwydd, mynd allan i'r ardd a thynnu'r tywelion oddi ar y lein ddillad. Taflodd y pegiau ar y borfa. Sathrodd y dail crin dan draed, colli natur ar ôl colli un o'i chlocsiau, mynd at y car a thaflu'r tywelion ar y sedd gefn. Aeth i mewn i'r car, bacio o'r dreif a gyrru i ffwrdd o'r dref.

Roedd hi'n dywydd braf iawn. Câi waith teimlo'r sbardun drwy'r hen glocsiau; doedd erioed wedi gyrru car mewn clocsiau o'r blaen.

A dyna hi bellach yn eistedd mewn caffi mewn safle gwasanaethau. Roedd hi wedi ysmygu sigarét ac yfed dwy gwpanaid o goffi. Roedd y safle gwasanaethau wedi'i amgylchynu gan goed tal, eu dail yn disgleirio'n felyn, yn frown ac yn oren. Edrychodd i fyny i'r awyr, mor uchel i fyny a glas ydoedd. Bu'n gyrru am ryw ddau gan cilomedr. Ar y ffordd, teimlai ei hwyliau'n codi'n raddol. Roedd hi wedi penderfynu prynu rhywbeth i fynd ag e adref i Allan, rhywbeth symbolaidd. Llond cwdyn o ffrwythau o fferm, pysgodyn drwy fwg efallai. Roedd hi wedi chwilio'n ofer am arwyddion a siopau. Yn niffyg unrhyw beth arall, byddai hi'n prynu bar o siocled o ryw garej. Chwiliodd am ei sigaréts yn ei bag llaw, tanio un a mynd at y ferch wrth y cownter.

'Oes gyda chi ffôn yma?' gofynnodd.

Nodiodd y ferch.

'O's. Ond so fe'n gweitho. So fe'n derbyn pishys arian.'

'O.'

Roedd hi ar fin mynd yn ôl at y bwrdd.

'Ma' un 'da fi gewch chi fintyg. Arhoswch eiliad.'

Diflannodd y ferch i'r gegin a dod yn ôl â ffôn poced a'i estyn dros y cownter.

'Jyst gwasgu'r rhif ac edrych yma.'

'Diolch o galon iti. Caredig iawn. Fydda i ddim yn siarad yn rhy hir.'

'Sdim hast.'

Eisteddodd wrth y bwrdd eto, gan symud yr holl ffordd at y ffenestr. Cael tôn ateb a gadael iddo ganu bedair gwaith. Swniai Allan fel petai wedi mynd i gysgu.

'Fi sy' 'ma. Mae'n flin 'da fi,' meddai hi.

'Beth yn y byd sy'n bod arnat ti,' meddai fe.

'Es i am dro yn y car.'

'Ffindes i 'ny mas drosto fy hunan. Ti 'di bod bant am ddwy awr.'

'Dw i'n gwbod.'

'O ble wyt ti'n ffonio?'

'Dw i mewn caffi. Dw i wedi benthyg ffôn poced.'

'Pryd dei di adre?'

'Dw i ddim yn gwbod. Dw i'n meddwl licen i yrru am damed bach mwy.'

'Gwna fel ti moyn.'

'Dw i'n mynd.'

'Iawn.'

Chlywodd hi ddim a wnaeth e ffarwelio â hi ai peidio. Cododd a mynd at y ferch wrth y cownter.

'Diolch am gael benthyg hwn. Faint sydd arna i iti?'

Estynnodd y ffôn poced a 10 *kroner* dros y cownter.

'Dim byd o gwbl. Sdim rhaid ichi. Dim ffôn fi yw e.' Pwysodd y ferch ymlaen. 'Ffôn y bòs yw e, ond so fe mewn heddi.'

Gwenodd y ddwy ar ei gilydd. Ar y ffordd yn ôl, roedd hi'n cadw baglu, ac ysgydwodd ei phen i'w dwrdio'i hun.

'Chi'n ffaelu cerdded yn y sgidie 'na,' meddai'r ferch o'r cownter.

'Na. Fy nghlocsie gardd ydyn nhw. Anghofiais i newid nhw.'

Edrychodd y ddwy i lawr ar y clocsiau. Symudodd ei throed ychydig.

'Y peth twp yw, mae'n gwbl amhosib gyrru car ynddyn nhw,' meddai hi.

'Na, chi'n ffaelu dreifo yndyn nhw. Pwy seis ŷch chi?'

'38, dw i'n meddwl.'

Nodiodd y ferch ac anelu am y gegin.

'Irene!' gwaeddodd hi. 'Ble mae'r treinyrs 'na nath rhwun adel yma yn yr haf?'

'Yn y cwpwrdd glanhau,' oedd yr ateb o'r gegin.

Diflannodd y ferch a dod yn ôl ymhen ysbaid gyda phâr o dreinyrs gwyrdd golau yn ei dwylo. Dilynodd Irene. Daeth y ddwy at y bwrdd.

'Seis 39 ydyn nhw,' meddai'r ferch gan estyn yr esgidiau ati. Cymerodd nhw. Roedden nhw'n ffitio'n dda. Cododd a cherdded o gwmpas dipyn.

'Ydych chi'n siŵr y ca' i'u cadw nhw?'

'Hollol siŵr. Dim ond casglu llwch byddan nhw fel arall.'

Ymddangosai'r merched yn llawn cyffro. Nodiodd Irene yn frwd. Cyn iddi yrru i ffwrdd, gadawodd hi 20 *kroner* yr un iddyn nhw ar y bwrdd. Trodd y car, codi llaw arnyn nhw a chanu bib-bib ar y corn.

Roedd hi am fynd am dro i'r dref lle roedd hi wedi

mynd i'r ysgol uwchradd. Yr adeg hynny, bu'n rhentu ystafell mewn tŷ mawr o droad y ganrif yn agos i'r orsaf. Roedd siŵr o fod bedair ystafell ar yr ail lawr. Yn y cefn roedd ei hystafell hi gyda golygfa dros drac y rheilffordd.

Roedd hi wedi bod yn meddwl llawer am yr ystafell honno'n ddiweddar. Roedd hi wedi ceisio cofio sut roedd wedi'i dodrefnu. Roedd ganddi ddesg lle byddai hi'n bwyta hefyd, silff lyfrau a chadair esmwyth. Gwyn oedd y waliau. Roedd naill ai radio neu deledu yno. Chofiai hi ddim bod y tawelwch yn ei phoeni. Ar ôl yr ysgol, byddai'n gorwedd ar y gwely yn darllen a synfyfyrio. O bryd i'w gilydd, bu cariad ganddi a fyddai'n gorwedd wrth ei hymyl.

Arafodd wrth iddi groesi'r bont. Roedd tyllau yn y ffordd ac roedd y car yn sboncio ac yn siglo. Roedd rhywun wedi gadael hen goeden Nadolig wywedig ar y reilins; edrychodd arni yn y drych ôl ac am ennyd roedd hi wedi'i drysu. Ai'r gwanwyn ynteu'r hydref oedd hi? Ond o'i blaen roedd yr ynys gyda'r coed melynddail ar yr ochr ddwyreiniol. Ysgydwodd ei phen.

'Mis Hydref yw hi,' dywedodd hi wrthi ei hun ac ailadrodd y frawddeg heb falio dim amdani mewn gwirionedd.

Roedd hi bron â bod yn bedwar o'r gloch. Daeth o hyd i le parcio yn y stryd fawr, dod o'r car a cherdded at y siop fara. Roedd hi wedi cael y syniad y gallai brynu tarten neu deisen i Allan. Roedd hi hefyd eisiau prynu rhywbeth i'w fwyta nawr; roedd eisiau bwyd arni. Roedd y ffenestr yn wag a'r gysgodlen wedi'i rholio yn ôl. Aeth y pobydd i'r siop â brwsh llawr yn ei law. Roedd i'w weld fel petai'n siarad â rhywun.

Taniodd sigarét a phenderfynu mynd yn ei blaen, pan roddodd y pobydd ei ben heibio'r drws.

'Dych chi isie rhywbeth?' gofynnodd mewn llais dwfn.

'Ydw, ond ydych chi wedi cau erbyn hyn?'

Agorodd y pobydd y drws a'i ddal ar agor led y pen iddi.

'Beth liciech chi?' gofynnodd.

Gwenodd hi. Taflodd y sigarét i ffwrdd a mynd i mewn i'r siop.

'Dim ond torth,' meddai hi.

'Iawn.'

Chwiliodd o dan y cownter a thynnu torth wenith cyflawn allan. Hyrddiodd y dorth i'w dwylo bron gan ysgeintio rhai o'r hadau wrth wneud hynny.

'Diolch,' meddai hi.

'Unrhyw beth arall?' Rhoddodd ei ddwy law ar y cownter.

'Oes cacenne gyda chi?'

'Nac oes, wedi mynd i gyd.'

'Tarten?'

'Dim ar ôl.'

'Dim problem. Faint yw'r dorth?'

'Mae hi am ddim.'

'Oes dim rhaid imi dalu amdani?'

'Nac oes. Allan â chi nawr.'

Rhuthrodd allan o'r siop. Clodd e'r drws ar ei hôl a chlywai hi fe'n chwerthin o'r tu mewn. Cododd ei law arni, a chododd hi'r dorth a nodio ei phen arno.

Cerddodd i lawr i'r parc cyhoeddus, eistedd ar fainc, a thorri darnau o'r dorth. Bwytaodd rai ohonyn nhw ei hun a thaflu'r gweddill i'r hwyaid. Daeth pedair hwyaden i'r lan a dechrau cerdded tuag ati. Cododd a thaflu gweddill y dorth i'r dŵr ar un tro. Wrth lwc, trodd yr hwyaid yn ôl a cherddodd hithau i fyny'r llwybr ac yn ôl i'r car.

Roedd ei breichiau'n oer. Dechreuodd grynu. Aeth i nôl tywel bath oren o'r sedd gefn a'i roi dros ei hysgwyddau fel siôl fawr.

Gyrrodd i'r orsaf drenau a pharcio tu ôl i'r orsaf fysiau. Cerddodd gyrrwr bws heibio dan chwibanu. Cododd ei gap â dau fys ac amneidio arni.

'Mae gwaith y dydd wedi darfod...' meddai hi.

'Ddim i fi,' meddai fe gan ailgydio yn ei chwibanu. Fe gurai rhythm ar y bag arian oedd yn hongian o'i wregys.

Draw wrth y tŷ roedd hi'n edrych fel petai rhywun ar ganol symud tŷ. Roedd dau ddyn yn llenwi trelyr â bocsys a bagiau plastig. Baglodd un ohonyn nhw dros fwced a rhegi. Ar ymyl y ffordd eisteddai merch ifanc mewn dyngarîs yn bwyta pitsa. Cadwai'i llygaid ar y dafell bitsa wrth iddi'i bwyta.

Coch oedd y tŷ o hyd ond wedi mynd â'i ben iddo. Roedd craciau yn y waliau a darnau mawr o siliau'r ffenestri wedi torri'n rhydd. Safodd ar y pafin gyferbyn gyda sigarét yn ei llaw a chyfrif y ffenestri ar yr ail lawr: pedwar, pump, chwech. Roedd hi siŵr o fod yn iawn bod pedair ystafell wedi bod i gyd.

'Chi'n chwilio am rywun?' gwaeddodd y ferch gyda'r pitsa arni hi.

Ysgydwodd ei phen a chroesi'r stryd.

'Nac ydw, dw i jyst isie gweld y tŷ 'na,' meddai hi wrth y ferch oedd yn cnoi o hyd.

'Océi.'

'Ro'n i'n arfer rhentu stafell ar yr ail lawr. Mae'n oes ers imi fod yma.'

'Dylech chi siarad gyda Mam-gu,' meddai'r ferch a stwffio'r darn olaf o bitsa i'w cheg. Cododd.

'Alla' i gael mwgyn?' gofynnodd hi. Sychodd ei bysedd ar ei throwser.

'Wrth gwrs.'

Tynnodd y paced o'i bag llaw a wiglo un sigarét i fyny. Taniodd y ferch ei sigarét a thynnu arni'n gryf.

'Af i i nôl Betty nawr,' meddai hi.

Mae'r ddau ddyn yn dal i gario bocsys a bagiau i'r trelyr. Roedd yn eithaf llawn yn barod. Safai hi yno gan feddwl tybed a oedd yn bosibl cael trelyrs o faint gwahanol ac os felly ai un mawr oedd hwn? Daeth hen wraig mewn anorac allan o'r tŷ gan ddal cloc yn ei breichiau. Dilynodd merch y pitsa hi, gan dynnu ar ei sigarét.

Roedd y wraig yn yr anorac yn wên i gyd. Rhoddodd y cloc i lawr ar y pafin ac estyn ei llaw.

'Betty,' meddai hi.

'Ulla.'

Wyddai hi ddim yn iawn beth i'w ddweud. Tynnodd y tywel bath yn dynnach amdani.

'Dw i'n clywed eich bod wedi bod yn byw yn y tŷ 'ma ar un adeg,' meddai Betty.

'Do. Pan o'n i'n mynd i'r ysgol uwchradd. Rhentu ystafell o'n i ar yr ail lawr.'

'Dw i'n gweld. Ro'n i wedi clywed bod stafello'dd wedi cael eu gosod yma ar un adeg.'

'Ond ddim nawr?'

'O, na. Stiwdio lliw haul yw hi nawr. Mae hi ar agor bob dydd rhwng saith y bore tan yr hwyr. Dw i'n byw ar y llawr cynta ac ar y llawr gwaelod mae'r swyddfeydd.'

'Wel, daeth tro ar fyd.'

'Mae hynny i'w ddisgwyl, am wn i.'

'Oes rhywun wrthi'n symud tŷ?'

Amneidiodd at y trelyr. Wrthi'n clymu rhywbeth dros ben y llwyth roedd y ddau ddyn.

'Nac oes. Lisa a fi sydd wedi bod wrthi'n clirio lot o hen ffrwcs.'

Nodiodd Betty at ferch y pitsa.

'Buodd fy ngŵr farw llynedd, a dim ond nawr dw i'n dechre dod i drefen. Chredech chi byth faint o stwff oedd gydag e'n llenwi'r lle. Ŷn ni'n mynd i roi'r rhan fwya i farchnad hen bethe. Nhw sy'n dod i nôl e am ddim.'

Plygodd Betty i lawr ac estyn y cloc.

'Licech chi gael y cloc 'ma fel swfenîr?' gofynnodd. 'Dw i'n meddwl fod e'n dal i fynd.'

Siglodd y cloc i fyny ac i lawr. Daeth sŵn tincial ohono.

'Ond dw i ddim yn gwbod yw e'n gallu taro'r awr. Dych chi isie fe?'

'Wel...'

Cymerodd y cloc yn ei dwylo. Roedd wedi'i wneud o bren plyg tywyll. Yn y gwydr dros wyneb y cloc roedd ffigurau geometrig wedi eu naddu.

'Ydych chi'n siŵr bod chi ddim isie'i gadw fe i chi'ch hunan?'

'Ddaw e ddim nôl mewn i'r tŷ.' Aeth at y ddau ddyn wrth y trelyr. Tynnodd un ohonyn nhw bad ysgrifennu allan ac ysgrifennu rhywbeth arno. Dangosodd y pad i Betty.

'Iawn,' meddai Betty. Chwarddodd y ddau ddyn.

Safodd Ulla am ychydig gyda'r cloc yn ei dwylo.

'Cloc ofnadwy o bert,' meddai merch y pitsa. Roedd hi'n dal i ysmygu.

'Ie, un pert iawn. Diolch o galon ichi.'

'Croeso.'

Dechreuodd gerdded i ffwrdd, ac yna safodd yng nghanol y ffordd a throi tuag at Betty, a gweiddi diolch am y cloc unwaith eto. Cododd Betty ei llaw arni, cododd merch y pitsa ei llaw hithau arni, a chododd un o'r dynion fraich yn yr awyr.

Aeth yn ôl at y car a'i ddatgloi. Rhoddodd y cloc ar y sedd gefn a thynnu'r tywel amdani.

Roedd yr haul yn isel yn yr awyr wrth y bont. Byddai'n cymryd cwpl o oriau i fynd adref. Roedd awydd arni yrru'n araf, gyda'r ffenestr i lawr a chwa oer iach o awyr ar ei hwyneb. Roedd y ffyrdd yn dawel. Pan fyddai'n brecio, clywai'r cloc yn tincial.

Ar y dechrau, doedd hi ddim yn credu bod Allan gartref. Roedd y tŷ'n dywyll. Ond roedd y drws ar agor, ac mewn dim gallai glywed ei fod yn cysgu ar y soffa. Fe chwyrnai'n ysgafn. Rhoddodd y cloc i lawr yn ofalus ar fwrdd y gegin, mynd i'r lolfa a phlygu drosto. Cyffyrddodd yn ei drwyn.

'Cariad,' meddai hi.

Cododd ar ei eistedd yn sydyn.

'Faint o'r gloch yw hi?' gofynnodd.

'Bron yn wyth o'r gloch. Wyt ti wedi cael rhywbeth i fwyta?'

'Na dw.'

'Mae'n ddrwg 'da fi mod i wedi diflannu fel 'na yn y car. 'Na dwpsen dw i wedi bod.'

Cododd ef ei ysgwyddau. Fe glywai hi glustog y soffa yn wlyb gan ei chwys e.

'Dw i wedi dod â rhywbeth iti,' meddai hi.

Ymestynnodd dros y soffa i gynnau'r lamp. Crychodd e'i lygaid. Cododd a mynd i'r gegin i nôl y cloc.

'Beth yn y byd mawr sydd am dy draed di?' gofynnodd.

'Cael 'u benthyg nhw wnes i,' meddai hi.

Edrychodd y ddau ohonyn nhw ar yr esgidiau.

'Dŷn nhw ddim yn dy siwto di o gwbl,' meddai fe.

'Na, dŷn nhw ddim.'

Rwy'n gyrru ymlaen

Mewn hen groc o gar rwy'n gyrru'n ôl ac ymlaen i'r co-op bob dydd. Volkswagen o ddiwedd y saithdegau. Talp o rwd sy'n cwympo ar led. Rwy'n ei ddefnyddio ar gyfer fy nheithiau byrion, dyddiol.

Rwy'n fy nychmygu fy hun yn teithio ar draws UDA. Pum can cilometr o ffordd darmac a'r paith ar bob ochr. Ymadael â'r ffordd i fynd i fotél a drysau coch iddo. Menyw dew yn dipio bara mewn wyau a llaeth a'i ddodi mewn padell. Rwy'n rhoi fy nwylo ynghyd o dan y bwrdd a diolch i'r Arglwydd ein bod ni wedi dod mor bell, heb ddamwain, a bod gennym betrol yn y tanc ac olew yn yr injan o hyd. Cyfyd ager o'r car y tu allan.

Mae'r haul wedi gwneud i fy llygaid chwyddo. Rwyt ti'n bwyta a'th benelinoedd ar y bwrdd, yn rhofio'r bwyd i mewn. Rwyt yn gwisgo rhywbeth gwyn. Mae'n tywyllu ac mae'r aer yn oerach nawr. Os rwy'n lwcus, bydd cŵn gwyllt yn rhedeg o gwmpas y tu allan ac yn udo yn y nos. Yna, rwy'n troi atat yn y gwely simsan. Cawsom yr ystafell rydd olaf, hyll fel yr oedd, gyda'r papur wal yn hongian oddi ar y welydd.

Mae dy law yn gynnes ac yn sych, ac mae dy lygaid ar gau. Rwy'n gorwedd yno ac yn syllu. Mae staeniau brown ar y nenfwd, sy'n edrych fel petai rhywun wedi colli paned o goffi drosti, ac rwy'n dy ddihuno i ofyn a wyt ti'n meddwl mai coffi yw e. Dyna yw e siŵr o fod, rwyt yn meddwl. Rwy'n dy ddihuno eto, achos mae rhywun yn sleifio ar hyd y coridor, y wraig dew mae'n debyg, ac yn nes ymlaen rwy'n dy ddihuno unwaith eto i gynnig diferyn o ddŵr iti. Dylet ofalu dy fod yn yfed rhywbeth, meddaf fi, ac rwyt yn yfed y dŵr a chwympo yn ôl i gysgu eto, a does dim gwahaniaeth gen i am hynny.

Achos y noson wedyn, ti sy'n methu cysgu. Rwyt yn gorwedd yno yn syllu arnaf mewn ystafell newydd, mewn lle arall. Rwy wedi ymlâdd, am nad oeddwn i wedi cysgu'r noson cynt, ac felly rydym yn cymryd tro i gadw'n gilydd ar ddihun, ac eithrio pan na fydd y naill neu'r llall ohonom yn gallu cysgu. Am bump o'r gloch bob bore byddwn yn gyrru i ffwrdd heb dalu.

Rwy'n eistedd yn y car, mewn sgert werdd, dynn gydag embryo awr oed y tu mewn imi. Mae pryfed bach yn hedfan yn erbyn ffenestr y car; rwyt yn rhoi'r weipyrs ymlaen. Mae'r haul yn codi, ac un dydd bydd y cwbl ar ben.

Ar gael hefyd o www.melinbapur.cymru:

Ar gael hefyd o www.melinbapur.cymru:

MELIN BAPUR

www.melinbapur.cymru

Dilynwch ni ar:

X (@melinbapur)
Facebook (@melinbapur